TAKE
HOBO

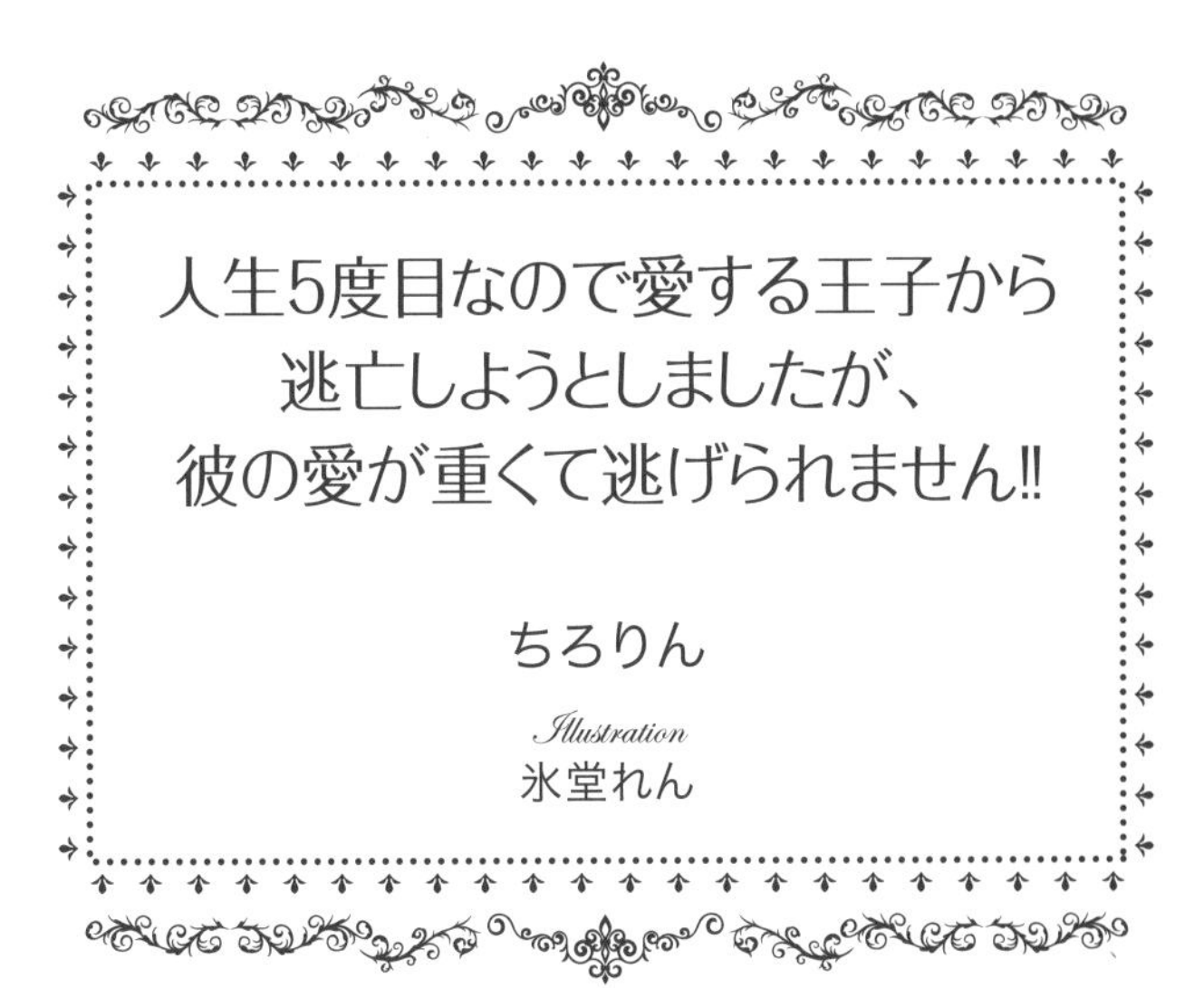

人生5度目なので愛する王子から逃亡しようとしましたが、彼の愛が重くて逃げられません!!

ちろりん

Illustration
氷堂れん

contents

序　章 …… 006
第一章 …… 009
第二章 …… 050
第三章 …… 123
第四章 …… 157
第五章 …… 195
第六章 …… 250
終　章 …… 282
あとがき …… 286

イラスト／氷堂れん

人生5度目なので
愛する王子から
逃亡しようとしましたが、
彼の愛が重くて
逃げられません!!
人生5度目なので愛する王子から逃亡しようとしましたが、
彼の愛が重くて逃げられません!!

序章

「待ってください！　ルートヴィヒ様！」

懸命に叫んだが、彼はリリアーナを抱き上げてどこにも逃げられないようにした挙句、耳を貸そうともしてくれない。

きっと怒っているのだろう。

それもそのはず、リリアーナは彼のもとから何も言わずに逃げてしまったのだから。

けれども、そうしたのにはルートヴィヒにも話せない事情があった。

さらに言うのであれば、リリアーナは最初から一夜だけだと口にしていたし、忘れてくれとも言っていたはずだ。

それなのに見つけ出して、しかも勝手に連れさろうとするなんて。

「悪いが、お前をあの別荘に連れて行くまで離すつもりはない。ここでも馬車の中でもずっと俺の腕の中だ」

「……あの晩のことがきっかけでこんなことをなさっているのでしたら、やめてください。お忘れくださいと言ったはずです」

抱き上げられたまま運ばれていくリリアーナは、必死にルートヴィヒに訴えかけた。

だが、無理矢理馬車に押し込まれ、上から覆いかぶさられて逃げ道を失ってしまう。

ルートヴィヒの紫の瞳が、絶対に逃がさないと有無を言わせぬ強さでこちらを見下ろしていた。

「すぐにでもあの夜を思い出させてやる」

「だから、忘れてと……ンぁっ」

耳朶を揉まれ、耳輪を撫でられ、強がりな言葉も甘い声にとって代わる。

一度覚えこまされた快楽を呼び覚まし、思い出せとリリアーナを攻め、忘れさせてなるものかとこの心を揺さぶってきた。

――あの一夜は、ふたりにとって忘れられないものだっただろう？　と。

リリアーナだって忘れられない。

忘れられない思い出にしようと思って、あの晩ルートヴィヒの部屋に赴き、彼に抱かれたのだ。

ふたりの未来はこれ以上ないからこそ、抱かれて、思い出だけ持っていきたいと。

「愛している」

それなのに、そんなことを言われてしまったら、どうしたらいいか分からなくなってしまう。

ルートヴィヒを恋しがり、彼に触れられる悦びが止まらなくなってしまう。

何度も、何度もルートヴィヒに恋をしてきた。

だが、彼と結ばれてはいけない。

結ばれたら最後、待っているのは悲惨な死だけ。

リリアーナはそんな残酷な運命の渦中にいて、今もなお抗おうとしている。

「もう二度とお前を離したりしない」

愛する人に愛していると言われても、逃がさないと言われても、彼の腕の中に留まることをよしとできない自分の運命に、リリアーナは翻弄されていた。

第一章

「リリアーナ、実はお前をルートヴィヒ殿下の婚約者に、という話が来ているんだ」

父がそう話してくれたのは、夕食のとき。

家族皆で食卓を囲み、いつものように食事をしているとき、思い出したかのように父がそう切り出してきたのだ。

「リリアーナをですか？　本当ですの？」

最初に驚きの声を上げたのは母だった。

まさか自分の娘にそんな良縁がやってくるとは思ってもいなかったのだろう。

驚きの中に喜びの色が滲(にじ)んでいるのが分かった。

だが、リリアーナには分かっていた。

これがリリアーナの評判がいいからとか、器量の良さを見込まれたからとか、ましてやルートヴィヒが惚(ほ)れ込(こ)んだからではない。

「私がお父様のお力になれるのでしたら、喜んでお引き受けいたします」

すべてはこのドゥルイット侯爵家のため、ひいてはエヴィウォルフ国の未来のためである。

——つまり政略結婚だ。

「嬉しい言葉をありがとう、リリアーナ。……本当はお前に無理強いをさせるようで心苦しいが」

「そんなことを言わないで。お父様が教えてくださったのでしょう？　私がこの髪で生まれてきたことに意味があると。実際に意味を持たせてくれたのはお父様自身。そして私はそれに応えたいとずっと思っておりましたから」

だから、むしろ嬉しいのだ。

どんな形であっても、自分という存在が何かの役に立てるのであれば、リリアーナはそれだけで婚約を受け入れる意味がある。

「今度、ルートヴィヒ殿下との顔合わせがある。会ってどんな方か、自分の目で確かめてみるといい」

「はい」

初めて会う人と、しかも男性と顔を合わせると思うと今から緊張してしまうが、父の言葉に頷いた。

すると、父は手に持っていたカトラリーを置き、真っ直ぐにこちらを見つめて真摯な顔で告げてきた。

「これは政略的な婚約ではあるが、それでもルートヴィヒ殿下がお前を任せられるような人物だと確信しているから私もこの話を進めた。きっとお前も気に入る。あの方は、見た目は少々怖いがいい人……いや、いい男だ」

このときは、父の言葉からは曖昧なイメージしか抱けなかった。

噂(うわさ)や父からの話でしか知らない「ルートヴィヒ」がどんな人なのか、リリアーナは不安と期待を抱えながら、会える日を心待ちにしていた。


「エヴィウォルフ国第二王子ルートヴィヒ・エヴィウォルフだ」

「ドゥルイット侯爵家のリリアーナです。どうぞよろしくお願い致します」

恭しく頭を下げながら、父が言っていたことがようやく分かったと心の中で呟いた。

なるほど、彼の厳しいとも見える顔つきは、たしかに怖い印象を抱かせる。

しかも、リリアーナよりも頭一個半ほど身長が高く、威圧感も凄(すご)い。

さらに、初対面の人に挨拶をするというのに、眉尻を下げたり口角を上げたりすることもなく、無表情のままだった。声も低いし硬い。

おそらく、ルートヴィヒの見目の良さがことさらそれを助長しているのだろう。端正な顔立ちの人は表情の機微が少ないと、迫力が増して見えるものだ。

城の中の庭園の一角、ガゼボで行われた顔合わせは父や王太子も同席していた。

自己紹介と挨拶をし、軽い雑談などを交える。

リリアーナはそれを聞きながら、ルートヴィヒの顔をちらりと窺い見た。

風が吹くとさらりと揺れる黒髪。まるで紫水晶を塡(は)め込(こ)んだかのように美しい紫の瞳。切れ長の釣り目は、目元を涼やかに見せる。

スッと真っ直ぐに通った鼻梁は高く、唇は少々厚めだが美しい形をしている。

眉はきりりと吊り上がって凛々しく、身体を鍛えているのか胸板も厚い。

彼が醸し出す雰囲気は冷たく怖いものではあるが、ひとつひとつに着目して観察すれば、美しく整った顔立ちをしていることが分かった。

きっと、隣に並ぶ兄の王太子が柔らかな顔立ちで、朗らかな雰囲気なので、なおのこと比較されてしまうのかもしれない。

（……この方と、婚約を）

頭では理解しているが、どこか信じきれない部分もあり、足元がふわふわしている感じだ。

誰かと夫婦になるというのもあまり実感が湧かないし、ルートヴィヒが夫になるのであれば、彼を愛することもあるのだろう。

いや、政略結婚で愛が生まれるのは稀だろうか。

そんなことをぼんやりと考えていると、父と王太子は立ち上がり席を外す。あとはふたりで、ということらしい。

ルートヴィヒとふたりで話なんて上手くできるだろうか。

緊張を走らせ、ちらりと彼の方を窺うとあちらもまたリリアーナを見つめていて、視線がかち合った。

「……少し、庭の中を歩いてみるか。その、離れたところからだが護衛も侍女もついてくるので、ふたりきりということにはならないので安心してほしい」

「分かりました。お気遣いありがとうございます」

対面で顔を突き合わせながらの会話はなかなか難しいものだ。特にリリアーナの場合は、普段あまり家族以外と話さないのでなおのこと。

ありがたい提案だと椅子から立ち上がると、スッとルートヴィヒが隣に立つ。

拳三つ分くらいの距離を空けて。

見上げると、目が合っても決して和らぐことのない、硬い表情がそこにあった。

ここに来る途中、父に顔合わせをするにしても何故中庭でするのか聞いてみた。てっきり部屋が用意されていると思ったのだ。

すると、父は嬉しそうに顔を緩めながら教えてくれた。

『ルートヴィヒ殿下が、狭い部屋で自分とふたりきりにされてしまったら、リリアーナが怯えてしまうかもしれないから、開放的なところがいいだろうとおっしゃってね』

さらに、今日は正式な場ではないのでかしこまった雰囲気が出ない方がいいだろうと、ルートヴィヒが中庭での顔合わせを提案してくれたようだ。

(お優しい人なのかもしれない)

どことなく彼からは配慮のようなものが窺える。

護衛も侍女もついてくると教えてくれたのも、リリアーナが安心できるように。

そう考えると、ルートヴィヒの優しさはくすぐったくもあり、心がじんわりと温かくなるものだった。

「リリアーナ嬢は、俺たちの結婚がどのような意味を持っているか知っているのだろうか」

ルートヴィヒが進むままに一緒に歩いていると、おもむろに彼は聞いてきた。

「はい、もちろんです」

リリアーナはその質問に対し、大きく頷く。

すると、彼はちらりとこちらを見下ろし「そうか」と言って、また視線を戻した。

「この国は変わろうとしている。いや、貴女の父親と、兄とそして俺が変革を促し、国を救いたいと願い続けてきた。貴女と俺が結婚するのはその象徴とも言える」

「私のこの赤い髪が役立つのですね」

自分の髪に手を当てて、ゆっくりと撫でつける。

ようやく自分がこの真っ赤な髪を持って生まれてきたことの意味を見出すことができて、今では誇らしく思えるほどだ。

今から五十年ほど前、先代王の折にこの国は他国との交流を絶ってしまった。交易をやめ、国境も閉じ、いわゆる鎖国状態になったのだ。

それは、他国からの侵略を防ぐため、自国の文化や血筋を守るためだとも言われているが、とにかく強硬姿勢で鎖国を進めてしまった。

特に、先代王の伴侶である今の王太后が率先して、他国の排除に乗り出したのだ。

昔の名残で平民の中には他国にルーツを持つ者はまだいるが、貴族の中にはもうほぼいない。

王太后が徹底的に排除し、彼女の怒りを買うことを恐れた貴族たちもそれにならい、社交界から追放した歴史がある。

故に、貴族の中でこんな髪をしているのはリリアーナだけだと言ってもいい。

リリアーナが赤い髪を持って生まれたのは、おそらく母方の曾祖母が他国の人間だからだろうと教えてもらった。

同じく他国の血が流れているはずの母は栗色の髪の毛、弟も父と同じ金髪。

何故かリリアーナだけがこの国では異端の色をもって生まれてきたのだ。

茶色の瞳を持った目はぱっちりと大きく、二重幅が広いためにことさらつぶらに見える。

さらに縁を象る睫毛は長く、弟に瞬きをしたら風が起こりそうだと揶揄われたことがあった。

肌も白磁のように白く、唇はぷっくりと厚く艶やかだ。紅を引かなくてもいいと言われるくらいに鮮やかな色を湛えている。

容姿は母に似たおかげで、世間では美人と評されるが、残念ながら赤い髪というだけで、貴族社会では忌避されてしまう。

そんな社会の中で育ったリリアーナは、己の髪の色を恥じ、卑屈になった……ということは幸いにもなかった。

父、そして母が幼少期から教えてくれたのだ。

『世界にはいろんな人間がいる。貴族社会にしか目を向けられない、視野の狭い人間になるな』

領地の港町に連れて行ってもらっては、行き交う人々を指さしながら、広い世界を見せてくれた。

お前がその髪が気にならないくらいにこの国を変えてやるからなと、快活に笑う父はその言葉を体現するように、閉鎖的だったこの国に大きな風穴を開けた。

日新しいものが好きで恐れを知らない大胆不敵な父は、自分の代になると港を交易の窓口にし、積極的に他国との交流を図り始めたのだ。

閉鎖的であるゆえに困窮した我が国の現状を王に訴え、限定的ではあるが交易の許可を得た父は、さらに航路を広げるべく動き続けた。それこそ批判を恐れることなく。

最初こそ、急進的に国を変えようとする異端者を排除しようとする貴族がほとんどだった。

他国の者を入れるなどとんでもない。先代王がなしてきたことを批判するつもりかと。

ところが、父の働きに王太子とルートヴィヒが賛同してからというもの、風向きは変わってきていた。

王の後押しも大きい。

そろそろ先代王の時代から抜け、新たな風を受け入れるころだと。

王家が赤い髪を持つリリアーナを迎え入れることで、時代は変わったのだと周囲に知らしめるのだ。

「つまり、貴女は巻き込まれたわけだ。俺との結婚は心の中では不本意だと思っているかもしれないが、できうる限り貴女に苦労はかけないように心掛けるつもりだ」

そう言われて、リリアーナはきょとんとしてしまった。

どこか言葉を選んでいるような口ぶりだとは思ったが、どうやら顔合わせの場所だけではなく、婚約自体に気を遣ってくれているらしい。

巻き込まれた、という言葉を使い、まるで責は全部こちら側にある、だからその詫びに最善を尽くすとでも言うかのように。

だが、もとよりリリアーナにそのような気遣いは必要ない。

「巻き込まれたのではありません。私がお力になりたいと思っていて、父がその気持ちを汲み取ってくださったのです。むしろ、巻き込まれたのはルートヴィヒ殿下の方ですよ？」

こともなげに言うと、今度はルートヴィヒが怪訝な顔をする番だった。

「なるほど、貴女はそう考えているのだな。覚悟の上だということか。むしろ、変に気を遣って、貴女の覚悟を軽んじてしまったようだ」

申し訳なさそうな顔で真摯に謝られたので、リリアーナは慌てて首を横に振る。

「いえいえ、そんな。殿下がそう思われるのも無理ありません。私、ずっと屋敷に引き籠もってばかりで社交界にも出ていませんから、無理矢理出されたのだろうと心配されたのですよね？」

軽んじたわけではなく、気を回し過ぎただけなのだと分かっていた。

それに、そう思わせてしまったリリアーナにも原因はあったのだろう。

赤い髪であることを恥じてはいないが、周囲は理解を示してくれる人ばかりではない。

だからいらぬ諍いを嫌って外に出ようとしなかった。家族に心配かけたくないという気持ちもあり、ついつい外から足が遠のいてしまっていたのだ。

「すまない。俺は兄のように愛嬌がある方ではないし、あまり気の利いた言葉も言えない。……その、下手なんだ、そういう親切な言葉をかけたり、優しくしたりというのが」

眉根を寄せて話すルートヴィヒは、本当に苦手そうな顔をしていた。

同時に、それができないことを申し訳ないと思っているというのもひしひしと伝わってくる。

「別に気を利かせてくれなくてもよろしいのですよ。そのままのあなたを見せてください。ありのままを知って、互いを理解していきましょう」

「ありのままか。見せたらますます怖がられそうだ」

「そうでしょうか？　気の利いたことが言えないと気にする方は、優しい人だと思います」

ただ、ルートヴィヒの優しさは不器用なだけだ。

厳格な雰囲気と硬い表情がそう見せないだけで、彼の言動の根底には優しさがあると感じた。

「貴女もそうやって俺をフォローしてくれる。優しい人なのだろうな」

ふと、ルートヴィヒの口元が緩んだのが見えた。

ようやく相好を崩した彼は、決して怖い人ではない。

きっと自分では気付いていないのだろう。

もしかすると、第二王子、しかも王太子の右腕という立場上、他人に対し厳格な態度で挑む必要性があったのかもしれない。

国を変えようと必死になっているのだ。

敵も多く、いつ足をすくわれるか分からない状況だと父は言っていた。いつ積極外交反対派が牙を剥くか分からないと。

「なら、きっと私たちは互いを思いやれる間柄になることができるのではないでしょうか」

それこそが、夫婦には必要なものなのだろう。

両親を見ていると、互いを思いやる姿勢が見て取れる。

きっと長く連れ添う秘訣なのかもしれない。

だから、リリアーナも夫婦がどんなものかはピンときていないが、ルートヴィヒとならいい関係を築けるような気がした。

不器用な優しさをくれる、この人とならば。

(お父様のおっしゃる通りね)

いい人、いい男。父が言わんとしたことが分かったし、直接リリアーナに会わせたいと言った気持ちも分かった。

「なら、これから、互いのことを知っていくとしよう。俺たちがこれからいい関係を築けるように、――夫婦になれるように」

スッと目の前に出された手は、誠実さの表れで。

リリアーナは躊躇うこともなくその手を取った。

「よろしくお願いいたします、ルートヴィヒ殿下」

握った手は武骨で節くれだって、リリアーナの手などすっぽりと覆えるほど大きくて。

男の人の手だった。

(思わず握手してしまったけれど、私、今、男性の手を握っている……)

父や弟以外の異性に触れたことなどほとんどないリリアーナは、握手とはいえ手を握っているという現実がだんだんと恥ずかしくなってくる。

嫌なわけではないが、羞恥が一気に押し寄せてきて手を離したくなった。

どうしたらいいのだろうと、内心慌てふためいていると、ルートヴィヒはそんなリリアーナの心情を知ってか知らずか、ぎゅっと握り締めてきた。

「ぜひ、ルートヴィヒと呼んでくれ。これから付き合いが長くなっていくんだ、そこまでかしこまる必要はないだろう」

「……は、はい……ル、ルートヴィヒ様」

――長い付き合い。

そう言われて、胸がトクリと小さく跳ねる。

ルートヴィヒと夫婦になったら、どんな感じなのだろう。

彼と会うまではまったく想像できなかった自分の未来像の片鱗(へんりん)が見えて、リリアーナは新たな予感に胸を高鳴らせた。

「ルートヴィヒ殿下と話してみてどうだった?」

城からの帰り道、父がリリアーナに聞いてくる。

言いたいことはたくさんあったが、なかなかうまくまとまらない。

話していて楽しかったし、彼なりの優しさに触れることができて嬉しかった。

「また、お会いしたいと思いました」

結局、リリアーナの想(おも)いを集約するとこれに尽きる。

会って、ルートヴィヒのことをもっと知っていきたい。

その思いは、日に日に増していくことになる。

次の日、ルートヴィヒから手紙が届いた。

『気を張ってしまっていたが、貴女の言葉に救われた。感謝している』

癖のない几帳面な字に飾らない言葉。

彼らしい手紙は、昨日は少々緊張気味だったが、リリアーナのおかげでいい時間を過ごせたこと、また会えないかと誘いの言葉も綴られていた。

リリアーナは読み終わるとすぐに便箋と羽ペンを出して、手紙をしたためる。

『私もルートヴィヒ様の優しさに救われました。ありがとうございます』

ぜひまたお会いしたいこと、そして好きな菓子はキャロットケーキだと書く。

実は、ルートヴィヒの手紙に『好きな菓子は何かあるだろうか』と書かれていたのだ。

これはもしかすると、互いを知るための一歩だろうか。そう思って、リリアーナも『ルートヴィヒ様の好きなお菓子は何ですか？』と聞き返してみた。

そのまた翌日、返ってきた手紙には、三日後に会おうという誘いと、末尾に『甘いものはあまり得意ではないが、スコーンは食べる』と書いてあった。

ひとつルートヴィヒについて知ることができたと微笑みながら、何か贈るときはお菓子以外のものがよさそうだと心に書き留めておく。

普段外に出ないリリアーナを慮ってか、屋敷まで会いに来てくれるのだそうだ。公務もあって忙しいだろうに、それでも会いに来てくれる彼の気持ちがありがたい。

当日、ルートヴィヒが会いに来てくれたときは、片手にキャロットケーキがあって、リリアーナも彼のために甘さ控えめのスコーンを用意していると話す。

すると、ルートヴィヒは少しはにかんだような笑みを見せてくれた。

どうしてだろう。彼が微笑むと、こちらまで嬉しくなる。

リリアーナは目元が赤くなっていくのを感じながら、そっと俯いてそれを隠した。

その日もルートヴィヒと楽しく話すことができて、リリアーナはホッとする。

話し上手ではないと自負しているので、ルートヴィヒを退屈させては申し訳ないと、何かあったときに提供できそうな話題を念のために探していた。

だが、用意していた話題の出番がなかったほどに会話が盛り上がる。

ルートヴィヒが話題を振り、リリアーナがそれについて答えているときはじっくりと耳を傾ける。そして、咀嚼して解釈してさらに話題を広げていってくれるのだ。

最初のうちは淡々とした喋り方なので尋問を受けているような心地だったが、次第に解れていき、口調も和らぐ。

最後は互いに笑顔でいることに気付いた。

そうやって手紙を交わしながらルートヴィヒがリリアーナの屋敷にやってくること数回。

ふたりの仲は着実に近くなっていっていた。

ルートヴィヒの手紙を心待ちにしている自分がいるし、彼が屋敷を訪れるときは前日から心が舞い上がって落ち着かないほどだ。

今度は彼のどんな一面を知ることができるだろう。どんな話をしてくれるだろう。

ルートヴィヒの話は聞いていて面白いし、ためになる。

見識も広く、政治についても分かりやすく教えてくれる。

先日どこに視察に行ったとか、あそこに新しいお店ができたとか、湖が綺麗(きれい)な別荘があるのだとか。

そんな話を聞いていたら、リリアーナの関心は徐々に外に向いていった。

ルートヴィヒが話してくれるものを実際にこの目で見てみたい。

そう願ったのはいつからだろう。

自分から誘ってみたい。

けれども、自分から誘っていいものなのか分からずに躊躇(ちゅうちょ)する。

先日、国王の誕生日を祝う夜会の席でリリアーナとルートヴィヒの婚約が正式に発表された。

リリアーナは発表を終えたあと、すぐに会場を後にしたのだが、皆の反応はさまざまだった。

その中には明らかに歓迎していない人もいて、特に反積極外交派は面白くない展開だっただろう。いろんな意見が飛び交う中、公の場にふたりで姿を現していいものか。

そんなとき、ルートヴィヒから誘いの言葉が出てくる。

「今度ふたりで出かけてみないか。お前との時間をもっとつくりたい」

「私と、一緒に外にですか？　……大丈夫でしょうか？」

咄嗟に出てしまった危惧の言葉に、リリアーナは「あっ」と口を手で覆う。

すると、彼は首を大きく縦に振り、「何も問題ない」と言ってくれた。

「俺がリリアーナと一緒に出掛けたい。婚約者なんだ、何に気兼ねをすると言うんだ」

淀みも迷いもない言葉は心強いものだった。

おそらく、彼はリリアーナが何を心配して不安に思っているのか分かったうえで、大丈夫だと言っているのだろう。

公務で忙しいのに時間の合間を縫うようにして会いに来てくれる。

しかも、リリアーナと婚約したことで批判の声も上がっているだろうに、構わない、婚約者として毅然とした態度でいたいと言ってくれているのだ。

嬉しくないわけがなかった。

「……はい。そうですね……はい、私も、ルートヴィヒ様と一緒に出掛けたいです」

照れ臭さを押し隠しながら、正直な気持ちを話す。

すると、ようやく本音が言えた安堵感からか、スッと胸が軽くなったような気がした。

「あぁ、そうか。これはデートというやつになるのか？」

何かを考えているような素振りを見せていたルートヴィヒだったが、不意にとんでもないことを言ってきて驚かせてくる。

「で、デート、ですか？」

「デートでは嫌か？」

まるで恋人のような誘いにぶわりと顔に熱を灯らせたリリアーナは、胸がつっかえて言葉が出ない代わりに何度も首を横に振った。

「よかった。城や屋敷で会うのもいいが、ふたりで別の場所でいろんな体験を共有するというのは、互いをもっと知るうえで大事なことだからな。仲も深まりやすいと聞く」

つまり、ルートヴィヒもリリアーナともっと仲良くなりたいと望んでいると自惚れてしまっていいのだろうか。

ただ「お出かけ」ではなく「デート」だと認めてくれたことも嬉しくて仕方がない。

熱くなった頰を手で包み、どうにか冷まそうとしても難しい。心が舞い上がるのと比例して、徐々に高まっていく熱はとどまることを知らないかのようだった。

「楽しみにしておりますね」

「ああ。俺も今から楽しみだ」

約束をしたその三日後には、ふたりはデートをしに町に繰り出していた。

そこから、何度もデートを重ねるようになる。

行き先はさまざまだ。

流行の店に赴いたり観劇に行ったり、馬で遠出をしてピクニックや、狩りにもついて行った。

どこに行っても楽しいのだから、正直、場所はどこでもよかったのかもしれない。

リリアーナにとっては、ルートヴィヒと過ごせる時間ができるだけで、それだけでよかったのだ。

外に出たり、人から話を聞いたりすると、すぐさまルートヴィヒのことを思い浮かべ、彼と一緒に行ってみたいと考えてしまう。

脳が休む間もなく頭の中はルートヴィヒのことばかりだ。

だからその日は、新しくできたティーサロンに行ってみないかとリリアーナから誘ってみたのだ。初めて自分から行きたい場所を提案したのだが、彼は快く承諾してくれ、馬車で屋敷まで迎えに来てくれた。

客車の中では隣に並んで座り、会えなかった時間にあったできごとを互いに話す。どんな些細なことにでもルートヴィヒは耳を傾けてくれるし、リリアーナも彼の話を懸命に聞く。

小さなできごとひとつひとつに、互いを知るヒントのようなものが散りばめられているような気がして、一言たりとも逃がすことはできなかった。

サロンの前に馬車が停まり、先に客車から出たルートヴィヒがリリアーナに手を差し出しエスコートしてくれる。

ゆっくりと地面に降り立ったリリアーナは、彼にお礼を言おうと横を向いた。

そのとき、視界の端で見てしまったのだ。

老婆がひったくりに遭い、バッグを奪われた衝撃で地面に倒れてしまったのを。

反射的に足が動き出す。ルートヴィヒの手を離し、老婆のもとに駆け出した。

「リリアーナ！」

「おばあさんがバッグを奪われてしまいました！」

振り返りながらそう言うと、彼はそれだけで状況を理解し、馬に乗って馬車の後ろをついてきていた護衛に「行け」と命じていた。

リリアーナの横を馬が走り抜けていく。

「大丈夫ですか？」

上手く立ち上がれないのか、老婆は苦悶の表情を浮かべたまま腰を擦りながら座り込んでいた。

背を支え、怪我の程度を窺う。

「あぁ、大丈夫だよ、お嬢さん」

ルートヴィヒもやってきたようで、一緒に老婆が起き上がるのを手伝ってくれた。

腰を打っただけで他に痛めたところはなかったようで、ホッと胸を撫で下ろす。

「すまないねぇ、助けてもらって」

「いいえ、当然のことをしただけですから。ですが、バッグが……」

残念な気持ちでいると、先ほど横を抜けていった護衛が戻ってきて「ルートヴィヒ様」と声をかけてきた。

声がする方を見遣ると、馬上には後ろ手に縄をかけられ雑に乗せられている男性と、護衛の手には先ほどひったくられたはずの老婆のバッグが。

護衛に労いの言葉をかけたルートヴィヒは、手渡されたバッグを手に取る。

老婆は盗まれたものが戻ってきて安堵したのか、ようやく顔を綻ばせた。

「盗人はこちらで警邏に突き出しておく」

「いいのかい？　すまないねぇ、何もかも手間をかけてしまって。ありがとう」

「仔細ない」

無事に解決して、リリアーナも心から喜ぶ。

それにしてもさすがルートヴィヒだ。リリアーナの言葉ですぐに盗人を捕まえるための追っ手を放ち、かつ老婆のことも助けたのだから。

何故かリリアーナの方が誇らしくなった。

「デートの邪魔をしてしまって申し訳ないねぇ」

「い、いいえ！　そんな邪魔だなんて！」

他の人からルートヴィヒとの逢瀬を「デート」と言われ照れ臭くなった。

やはり傍からはデートと見えるのだと少し安心もしたのだ。

「本当にありがとうねぇ、あなたたち」

老婆はリリアーナとルートヴィヒの手をそれぞれの手で取り、三人の手を重ね合うように握り締める。

「私、これでも占い師なの。だから、お礼にあなたたちふたりが末永く幸せに暮らせるように、おまじないをかけてあげるわね」

目を閉じ、老婆は祈る。

おまじないなんて子供騙しのようだが、その気持ちが純粋に嬉しい。

「ありがとうございます」

リリアーナがお礼を言うと、老婆はニカッと歯を見せて笑い、そして去っていった。

「無事に取り返せてよかったです。本当にありがとうございます、ルートヴィヒ様。……それとお手間をおかけしまして、申し訳……」

「いいことをしたんだ、謝るな」

勝手に飛び出したことを謝ろうとすると、ルートヴィヒが遮ってくる。リリアーナの手を取り、握り締めながら。

「それに、お前のそういう人に優しくできるところを、俺は好いている」

「……え？」

今、「好いている」と言ったのだろうか。

ルートヴィヒの口からそんな言葉が聞こえてくるなんてと自分の耳を疑い、彼を仰ぎ見る。するると、慈しむような視線を向ける瞳と目がかち合った。

「聞こえなかったのか？　お前の情熱的な面も気に入っているし、好いていると言ったんだ」

先ほどよりも褒め言葉が増えた状態で、さらに好きだと言ってくれた。

リリアーナの顔が真っ赤に染まる。ボッと火を点けられたように。

「……そ、それは、婚約者としては、ありがたいお言葉と申しますか、安心したと申しますか」

少し混乱しているようだ。自分で言っていて、何が言いたいか分からなくなった。

彼の言葉に舞い上がり期待をもってしまう自分と、勘違いかもしれないとブレーキをかける自分がいる。探り探りの言葉になってしまっているのはそのせいだ。

好いているという言葉にもいろんな受け取り方があるだろうと、予防線を張った。

「まぁ、いい。これからおいおいしっかりと教え込むことにしよう」

「教え込むとは、何をですか？」

少し楽し気なルートヴィヒにドキドキしながら聞き返すと、彼はリリアーナの腰に手を添えて歩き出す。

「そうだ。お前の思わず手助けしてしまう優しさと行動力は好ましいが、あまり無茶はしてくれるなよ」

「申し訳ございません。気付いたら動き出しておりまして……」

ルートヴィヒの目からは無鉄砲に見えてしまったのだろうか。

心配をかけてしまった申し訳なさと恥ずかしさに肩を竦ませる。

「いや、いいんだ。俺がお前を守れば済むことだ」

当然のように言ってくるルートヴィヒの言葉に、リリアーナは頬を染めた。

それは、もう守ってくれることを前提に話しているということだ。そのくらい一緒にいてくれるのだと暗に言ってくれている。

「さぁ、お茶を楽しもうか」

ティーサロンの中に入りお茶を楽しみたかったが、リリアーナはお茶の味が分からないほどに胸がドキドキしてしまっていた。

それはルートヴィヒと別れてから屋敷に帰るまで続く。

こんなに緊張したのは、初めてルートヴィヒと会ったとき以来、いやそれ以上かもしれない。

胸が苦しくて、身体が熱くて、いつも以上に彼のことを思い浮かべてしまう。

自分の変化に驚き戸惑っていると、元気がないリリアーナを心配して母がどうしたのかと聞いてきてくれた。

藁にも縋る思いで母に話す。

自分の変化をどう言い表したらいいか分からずに、四苦八苦しながら伝えていると、そんなリリアーナを見て、母が微笑みながら言ってきた。

「恋をしているのね」

ようやく、母の言葉で自分の気持ちの正体を知ることができた。

（……これが、恋）

四六時中ルートヴィヒのことを考え、何があっても一番先に顔が浮かんできて、会える日を指折り数え、会えないときは記憶の中の彼を思い浮かべては胸を焦がす。

恋とは、こんなにも生活を一変してしまうほどの力を持っているのだと驚くくらいだった。

ルートヴィヒと会うと、心がざわめく。会わなくても落ち着かない。

目の前にいる男性は今まで何度も会っていたルートヴィヒその人なのに、何故か煌めいて見える。端正な顔立ちがさらに美しく見えてしまうのだ。

思わず見蕩れてしまうほどに。

「今度、少し遠出をしないか？　できれば泊りがけで」

「どこにですか？」

聞けば、王家の別荘に行かないかという誘いだった。

湖の湖畔にあるというその別荘に、リリアーナとそして家族を招待したいのだと。

「嬉しいです！　ぜひ！　ぜひご一緒したいです！」

ルートヴィヒと一緒にいられるのであれば、どこだって構わないが、泊りがけということは昼間だけではなく、朝も夜も側にいられる。

願ってもない誘いだった。

さっそく両親に話して一緒に行かないかと聞くと、父は行けないが母と弟が一緒に行くと言ってくれた。

「婚前旅行みたいね。本当はふたりきりのほうがいいのかもしれないけれど、やはりまだ婚約中だからね」

母にそう言われてはたと気付く。

意識していなかったが、もしかして誘ってくれたのはそういう意味も含まれているのだろうか。

どちらにせよ、きっと楽しい時間になる。

弟も話を聞いてから嬉しそうにしていて、リリアーナはますます心が弾んでいた。

「わぁ！　本当に美しい湖ですね！」

旅行当日、迎えに来てくれた王家の馬車に乗り、別荘へと向かった。

母と弟は別の馬車で、リリアーナはルートヴィヒとふたりきり。

長い間馬車に揺られてやってきた先に見えたのは、想像以上に大きく、そして澄んだ湖で、傍らに佇む別荘も白と水色を基調とした建物で美しかった。

「ようこそいらっしゃいました、ルートヴィヒ殿下、ドゥルイット侯爵家の皆様。この別荘の管理を任されておりますオルコックと申します」

ルートヴィヒと同じくらいに背が高く、白髪交じりの黒髪の彼は、皺を作りながら笑顔で出迎えてくれる。他の使用人も同様、その歓迎ぶりは驚いてしまうほどだった。

(そういえば、どこかに泊まりに行くというのも初めてかもしれないわ)

屋敷に籠もりっきりのリリアーナは、ルートヴィヒと出会ってから初めてのことばかり経験している気がする。

きっとこれからもそういうことが増えていくのだろう。

「ルートヴィヒ様、ここでたくさん遊びましょうね」

まるで子どものようにワクワクが止まらなかった。

まずは別荘の案内をルートヴィヒにしてもらう。

主に棟は三つあって、食堂やホール、リビングなどがある本館を真ん中に、右の棟に王家の人たちが使う部屋が連なり、左の棟にはゲストルームが並んでいた。

まるでちょっとした冒険のようだった。

部屋の雰囲気や調度品、美術品を楽しみながら歩いていく。

次にどんなものが待っているのだろう。ルートヴィヒが開いてくれた扉の先には何があるのだろう。ドキドキが止まらない。

左の棟に行くと、廊下の一角に絵画が展示されており、そこで足を止める。

「歴代の王と王妃の肖像画だ」

ルートヴィヒの両親から遡り、何代ものこの国を作ってきた人たちの顔が並んでいた。

先代王の肖像画を見て、この方がこの国を閉じてしまった人なのだと特別な思いを抱く。

どちらかというと、ルートヴィヒは父親である王よりも、先代王である祖父に似ているかもしれない。黒髪に紫の瞳、顔立ちも近しい。

彼に「似ていますね」と声をかけようと隣を見ると、険しい横顔がそこにあった。

先代王とその妻、今の王太后の絵を睨みつけるように見ている。穏やかではない表情に思わず口を噤む。

リリアーナの知らない何かが、ただ政治的な理由だけではない何かがあるのかもしれない。そう思うと余計なことは聞けなかった。

別荘の案内が終わると、お昼をとって、今度はふたりで湖畔を散歩することにした。

日の光が反射して煌めく水面や、畔に咲く花を眺めながらゆっくりと歩く。

「ボートも出せる。乗ってみるか？」

「ボートですか？　私、初めてです！　ぜひ乗ってみたいです！」

そう言うと思ってボートをすでに用意してくれていたらしい。

乗り場まで行くと、白いボートがあり、ルートヴィヒが慣れた足取りで先に乗った。

「揺れるが俺がちゃんと支えている。おいで」

ボートの中から手を差し出され、リリアーナも手を差し出す。

だが、いざボートに乗ろうと思うと怖くてなかなか一歩が踏み出せない。よく考えてみたら、水の上に浮かぶものにさらに負荷をかけたら沈んでしまうのではないか。

「……だ、大丈夫でしょうか。沈んだりしたら……」

ふたりで湖の中に沈みゆく姿を想像して青褪めていると、ルートヴィヒはクックツと笑いながらリリアーナの手を引いてきた。

身体が傾き、彼の胸に飛び込む。

「問題ない。それに、もし沈んだら俺がお前を助ける」

すっぽりと腕の中に収まってしまったリリアーナは、そっと顔を上げて彼の顔を窺い見た。

こういうとき、実感する。

ルートヴィヒに恋をしているのだと。

想いがどこまでも際限なく膨れ上がっているのを感じて、いつか破裂してしまうのではないかと思えるほどに苦しくなる。

恋愛関係ではない、政治的に結ばれた関係。

それでも父の力になれるならばと思って喜んでいたが、今は苦しい。

きっと、政略結婚でなければルートヴィヒと出会うことすら叶わなかったと分かっていても、徐々に欲深くなっていく恋心は、いつしか心の繋がりも求めてしまうのだ。

好きと言いたい。

伝える勇気がいつ出るのか分からないけれど、一緒にいるうちに伝えられる日が来たら。

そんな決意めいたことを考えながらルートヴィヒが漕ぐボートの上から景色を眺めていると、
不意に彼が声をかけてきた。

「やはりここに連れてきて正解だったな。ずっと楽しそうにしている」

まるで童心に返ったようだと言われて、自覚があったリリアーナは気恥ずかしさに笑みを浮かべる。

「楽しいです。ルートヴィヒ様が見せてくれるもの、経験させてくれるものすべてが。貴方といると、私がどんどん変わっていく。それが心地いい」

変化を恐れることもあるが、それだけでは前に進めないと父の背中を見て教わった。

それに、変わっていく自分を実感するのは嫌じゃない。むしろ以前よりも自分を好きになれるような、そんな感じがするのだ。

「俺も、お前と一緒にいると自分が変わっていくのを感じる」

「ルートヴィヒ様がですか?」

たしかに以前よりは砕けた態度になったし、雰囲気も柔らかくなった。

けれども、それはもともと彼が持っていた気質だ。

リリアーナが変えたということはないだろう。

「変わったさ。お前といると、いつの間にか笑っている自分がいる。兄に、お前の眉間の皺は一生取れないだろうねと言われた俺が、お前といると眉が下がっているのを感じる」

——お前は笑顔をくれる。公務に追われて失っていたものを。

ルートヴィヒは目を細め、眩しそうにリリアーナを見つめてきた。

「それに、俺のいいところを見つけてくれるだろう？　見ようともしてくれる。見てくれや言動だけではなく、俺の気持ちを汲もうとしてくれているのも分かっている。それが嬉しくて仕方がないんだ」

「……そ、それは」

さらに顔が熱くなる。火照った頬を冷ますように両手を当てて、隠すように俯いた。

「たしかに俺たちは政治的な理由から結婚する。だが、俺はそれ以上の意味がこの婚約にはあると思っている。——リリアーナという女性に出会えたことが、俺にとっては奇跡だ」

政略的な理由でリリアーナが選ばれた。

彼のような素敵な男性が、それ以上の理由で、こんな髪の娘を望むのはおかしいのだと。

けれども、そうではないとルートヴィヒは言ってくれている。

「形だけの夫婦にはなりたくない、リリアーナ」

「ルートヴィヒ様……」

「お前を愛している。……ともに愛を育める夫婦になっていきたい」

ルートヴィヒの気持ちを彼の口から直接聞くことができて、驚きと共に喜びと、そして胸の奥底にしまっておいたはずの彼への愛が溢れ出た。

こんな幸せがあっていいのかと、泣きたくなる。

政略結婚のはずだった。ルートヴィヒは優しいけれど、それはリリアーナが婚約者だからそうしてくれるのだと思っていた。義務に近いものだと。

でもそうではなく、愛情からくる優しさなのだったのだ。

彼がこうやって会ってくれるのも、誘ってくれるのも、全部。

愛してくれていたから。

リリアーナを、ひとりの女性として。

「わ、わたしも……！」

自分も同じ気持ちだ。

ルートヴィヒをひとりの男性として愛している。

「愛しております、ルートヴィヒ様」

想いとともに、ぽろりと涙が溢れてきた。

嬉しさで流れる涙は温かい。

「よかった。同じ気持ちでいてくれて」

安堵の表情を浮かべたルートヴィヒは、リリアーナの首の後ろに手をかけて自分の方に引き寄せ、額を合わせてきた。

「ともに作っていこう。幸せな未来を」

「はい……っ」

「きっと作っていける。あの老婆のまじないも受けたことだしな」

愛し合う人と生涯をともにすることができる。

そんな幸せを掴むことができる日がくるなんて、信じられない。夢のようだと浮足立ち、現実感がなかった。

だが、夢ではなく現実なのだとルートヴィヒが教えてくれる。

握り締めてくれる手のぬくもりで、抱き締めてくれる腕の強さで、愛おしいと伝えてくれる瞳で、そして言葉で。

そのたびに、リリアーナも胸に溢れては止まることを知らない想いを、拙い言葉で伝えるのだ。

これからリリアーナに待っているのは、無上の幸せだと、そう疑わなかった。

――ところが、それは脆くも崩れ去る。

別荘から帰ってくると、使用人たちが血相を変えてやってきて言うのだ。

「旦那様が昨夜から帰ってきません」

家令の話では、夜に突然兵士がやってきて父を連れて行ってしまった。父は、大丈夫だ、すぐに帰ってくると言っていたが、一晩経っても帰ってこない。

ただ仕事で忙しいのであればいいが、兵士たちが物々しい様子だったのが気がかりだったのだと。

「あの人が大丈夫だと言っていたのでしょう？　……なら、きっと大丈夫よ」

母は毅然とした態度を見せていたが、顔色が悪かった。弟も不穏なものを感じているのか、俯き身体を震わせていた。

　大丈夫、大丈夫だとリリアーナも自分に言い聞かせる。

　ところが、そこから数日、父の帰りを待っていても便りすらない。

　様子を窺おうとリリアーナは城に赴いたが、入れてすらもらえなかった。

「それではルートヴィヒ様にお会いできますか？　お願いします、彼にだけでも会わせてください！」

　城の門番に必死に頼み込んだが、それも無理だとすげなく断られる。

　なおも食い下がろうとしたが、次の言葉でぴしゃりと冷や水を浴びせかけられたような気持ちになった。

「立場を弁(わきま)えられた方がよろしいかと。今や貴女は大罪人の娘です。そんな人が、殿下に会えるわけがないでしょう」

（……私が、大罪人の娘？）

　つい先日まで、リリアーナはルートヴィヒの婚約者だった。

　父も閉鎖的だったこの国を変えるべく、日夜奔走していた功労者だったはずだ。

　それなのに、今では大罪人の娘だとなじられている。

「……どういうことなの？」

　身に覚えがない誹りに愕然とした。

　もし、父が罪を犯しているのであれば、それはどんなものなのか。いや、あの父が罪に問われるようなことをするはずがない。

（きっと大丈夫……大丈夫よ……何かの間違い……）

何がどうなっているか分からない状況であっても、父とルートヴィヒのことだけは信じていなくては。

そうでなければ、リリアーナ自身が正気を保っていられなかったのかもしれない。

一方、母や弟は、友人たちに父の行方を知らないかと聞きまわったいた。

その中でようやく詳細な状況が分かってきた。

たしかに父は罪人として城に捕らえられていた。国を売った罪で。

父が行っている交易の積荷の中に密書が隠されていたのが見つかり、それが事の発端だったようだ。

よりよい交易条件を引き出すために国の機密情報を売り、莫大な利益を上げていた。それは王太子たちの後ろ盾を得られるようになった頃から始まっていた。

城から港に派遣されていた役人の密告により発覚したのだが、彼は複数もの密書を証拠として押さえ、さらにはドゥルイット侯爵家の不自然な帳簿も証拠として出してきた。

侯爵家皆がその金で豪遊し、身の丈以上の散財をしているとまで証言したのだとか。

たしかに、ここ最近はリリアーナの結婚に向けてあれやこれやと買い物をしたが、それは常識の範囲内だ。むしろ派手なものは避けたいと控えめにしたと言ってもいい。

父も同様、どこかに莫大な金をつぎ込んでいる様子も見えない。

「……つまり、お父様は陥れられたということ？　証拠を捏造されて、私腹を肥やすために国を裏切ったと見せかけられたというの？」

「そうとしか考えられないわ。あの人はたしかに大胆で、時折強引な部分もあるけれども、忠義には篤い人よ。国を、ましてや後押ししてくださった殿下たちを裏切るはずがない」

何よりも、リリアーナの幸せを願っていた父が、私利私欲のためにすべてを壊してしまうような愚かなことをするはずがない。

母の言葉に、屋敷にいる誰しもが頷いていた。

「そうね。ルートヴィヒ様もそれは分かっていらっしゃるはず。力になってくださるわ」

だから、一刻も早く彼と話をしなければ。

ルートヴィヒの顔を見て安心したい。崩れて粉々になってしまいそうな心を立て直すために、彼に会って話がしたかった。

焦燥感ばかりが募っていたリリアーナだったが、その願いはすぐに叶えられた。

――ただし、最悪の形でだったが。

「リリアーナ！」

突然屋敷にルートヴィヒがやってきたのだ。

しかも、ただならぬ様子で。

いつもはきっちりと身なりを整えている彼が、髪を乱しながらリリアーナの名前を呼び、そしてその姿を見つけた途端に抱き締めてきた。

「……ルートヴィヒ様」

ようやく会えた喜びに、彼の背中に手を回す。

ところが、久方ぶりの抱擁も束の間、すぐに引き離される。

両肩に手を置き、こちらを見下ろすルートヴィヒの顔は酷く強張っていて、ただリリアーナに会いに来たわけではないのだと悟った。

「……何があったのですか？」

そう問う声が震えていた。

ルートヴィヒの声を聞きつけてやってきた母も弟も、ふたりの緊迫した雰囲気に固唾を呑む。

集まった家族の顔を見回しながら、彼は苦しそうに呻きながら言ったのだ。

「――ドゥルイット侯爵が先ほど処刑された」

「……え？」

母の悲鳴が聞こえてきた。

弟が小さな声で「嘘だ」と呟いた声も。

だが、それ以上の音が聞こえなくなり、リリアーナの世界は真っ白になる。

目の前でルートヴィヒが懸命に口を動かしているが、何を言っているかよく聞き取れなかった。

ただただ、父が無実の罪で処刑された。

あの勇ましくも優しく、涙脆い人がこの世にもういない。

人は絶望に追い落とされたとき、呼吸すらもままならないほどに身体の機能が停止するのだとこのとき初めて知った。

「リリアーナ！　おい！　リリアーナ！　しっかりしろ！　俺の話が分かるか？　聞こえているか？」

ルートヴィヒに肩を揺さぶられ、ようやく我に返ったリリアーナは、呼吸の仕方を思い出す。

ひゅっと咽喉が鳴り、喘（あえ）ぐように空気を吸い込むと、ルートヴィヒの顔をゆっくりと見上げた。

「父親が死んでショックなのは分かるが、今は時間がないんだ！　すぐにお前のことも捕まえに来る！」

「……どういうことですか？」

「陛下が今回の件は、ドゥルイット侯爵家の人間すべてが共犯だとみなしたんだ！　リリアーナが俺の婚約者になったのも、いずれは国家侵略の足掛かりにしようとしたのだろうと。国を売った罪だけではなく、国家反逆の罪も課された」

他国と通じて自国の転覆を謀（はか）ろうとした者は、総じて死罪だ。

リリアーナたちもその罪に問われるということは、父と同じように処刑される。

何故ルートヴィヒがこんなに必死に駆けつけてくれたのかが分かり、リリアーナは悲鳴を上げた。

「すまない、すまない、リリアーナ。俺も侯爵の無実を訴え、身の潔白を証明しようとしたんだが間に合わなかった。陛下は耳を貸そうともせず、逆に騙（だま）されたとお怒りだ。もう俺には止められなかった。……こうやってお前たちを逃がすことしか」

恐怖で身体が震える。

先に待つものが死だと知り、足が竦んでしまって動けなかった。

だが、同じく絶望に陥っているであろう弟がやってきて、「姉さん、逃げなきゃ」と言ってきた。

ルートヴィヒもそうした方がいいと力強く頷く。

「こんなことしかできない無力な俺を許してほしい、リリアーナ」

「そんなこと言わないでください。私たちを助けるために動いてくださったこと、感謝しております」

そうか、もう時間がないのだと気づいたとき、リリアーナはこれ以上この気持ちをどう表していいか分からなかった。

感謝の気持ちと愛情と。

すべてをひっくるめて、ルートヴィヒに抱き着くことで伝える。

すると、彼はリリアーナの顎をすくい、口づけをしてきた。

ほんの一瞬、わずかな触れ合い。

——別れのキス。

リリアーナは耐えきれずに泣いてしまった。

「逃げろ。逃げて生き延びてくれ。お前たちの無実は俺が証明してみせるから、それまで待っていてくれ」

「……はい、ルートヴィヒ様。いつまでも……」

待っている。

ルートヴィヒと約束を交わし、また新たな未来を創ろうとした矢先のことだった。

屋敷の中に兵士たちが大勢押し寄せてきたのは。

「ルートヴィヒ様！」

すぐに引き離され、リリアーナは床に伏せられ拘束される。

「リリアーナ！」

五人がかりで押さえつけられたルートヴィヒはなおも暴れ、リリアーナを救おうとしてくれていたが、多勢に無勢。

暴れれば暴れるほどに押さえつける人が増えて、ついには彼の姿が見えなくなる。

「リリアーナ・ドゥルイット。国家反逆の罪により、国王陛下から即時処刑の命令が出ている。父親と同じように、その罪、死をもって償ってもらおう」

弁明の場も与えてもらえず、猶予もなく、この場で弑される。

あまりにも非道で、あまりにも無慈悲。

身に覚えがない罪を償えと言われても、納得できるはずがなかった。

身体を起こされ、その場に座ったまま後頭部を掴まれる。

目の前に立つ兵士が剣を抜き、鈍い光を放つそれを振りかざすのを慄き（おのの）ながら見つめていた。

「――リリアーナ！」

ところが不意にルートヴィヒの声が近くに聞こえて、ハッとそちらの方に視線を向ける。

彼はあれほどの人に囲まれ押さえ込まれても抜け出し、リリアーナのもとに駆け付けようとしてくれているのだ。

助けようと必死に手を伸ばしてくれる。

できることならリリアーナも手を伸ばして彼を求めたい。

だが、後ろ手に拘束されているそれは、何をしても動きそうになった。

だから、微笑んだ。

最後の最後まで諦めずにいてくれた貴方が愛おしい。

リリアーナを愛し、慈しみ、僅かな時間ではあったが幸せをくれた貴方が。

どんなときでも守ってくれようとする貴方が、傷だらけになりながらも手を伸ばし、側にいようとしてくれる貴方が。

──どうしようもなく愛おしい。

「……ルートヴィヒさ──」

そこで、リリアーナの一回目の人生の記憶は途切れた。

第二章

「リリアーナ、実はお前をルートヴィヒ殿下の婚約者に、という話が来ているんだ」

（お父様のこの言葉を聞くのももう五回目ね）

父が話しているのをぼんやりと聞きながら、リリアーナはうんざりとした気持ちになる。

ルートヴィヒは顔は怖いし厳しい人ではあるが、いい男であること。今度顔合わせをすること。

父は嬉々として話しているが、こちらはまったくと言っていいほど喜べない。

どうにかこうにか顔を取り繕い、「分かりました」と答えて食事もそこそこに部屋に戻った。

そして、ベッドに身体を沈めてずっと噛み殺していた溜息を吐いた。

（……私、今度はどんなことで死んでしまうのかしら）

目を閉じ、今までの人生を思い出す。

死んでは時が戻り、また死んでは戻る。

それを繰り返してきたリリアーナの人生を。

――父が無実の罪で処刑されたあと、リリアーナもルートヴィヒの目の前で処刑されて死んだはずだった。

ところが、リリアーナの人生はそこで終わらず、時が舞い戻っていたのだ。

ルートヴィヒとの婚約が決まる直前に。

何の因果か、はたまた奇怪な力が作用したのか分からない。

夢でも見ているのかと思ったりもしたが、まごうことなく現実であると悟ったとき、これは何かの天啓だと考えた。

人生をやり直す機会を与えてもらったのだ、いわれなき罪で死んでいったリリアーナを哀れに思った神が、奇跡を起こしてくれたのだと。

次こそは、父の無実を証明し、悲劇を回避する。

一度目の人生で得られるはずだったルートヴィヒとの未来を今度こそ掴もう。

そう意気込んで迎えた二回目の人生……だったはずだった。

ところが今、リリアーナは五回目の人生に挑んでいる。

二回目も、それ以降もリリアーナは死んでしまい、時が戻ったのだ。

唯一の救いと言えば、父の冤罪事件が二回目以降起こらなかったということだろうか。

父が罪に問われることはなくなったが、代わりにリリアーナは非業の死を迎えるようになってしまった。

二度目の人生は、強盗に遭い殺された。

三回目は社交界で悪い噂を立てられ悪女と罵られ、不埒な輩に追いかけ回されて転落死。

しかも、このとき、助けようとしたルートヴィヒも一緒にバルコニーから落ちて一緒に死んでしまったのだ。

四回目はもうルートヴィヒ巻き込むことがないようにと、婚約解消をこちらから申し出て、修道院に自ら入った。

ようやく穏やかな余生が過ごせるのだろうと思ったのだが、食事に毒を入れられて死んでしまう。

そして、五回目、またリリアーナはルートヴィヒとの婚約が決まり、また同じ道を歩もうとしていた。悲劇とも言える道を。

何故、いつも殺されてしまうのか。

どうして死んだあとに時が戻ってしまうのか。

繰り返すリリアーナの人生には、このふたつの謎がいつも付きまとっていた。

リリアーナがルートヴィヒと結婚することで、積極外交が進むことに危機感を持った反対派が動いているのかと思い、四回目にリリアーナの方から婚約を破棄を申し出たりもしたが、結局殺されてしまった。

つまり、結婚ではなく、ルートヴィヒと婚約すること自体がリリアーナが殺される理由なのではないだろうか。

そう仮説を立ててみた。

今回もこのままルートヴィヒと婚約してしまえば、また何かしらの手を使って殺されてしまう。

これまで、どうにかこうにか頑張れば殺されるのを回避できるのではないかと思ってきたが、さすがに五回目となると努力だけではどうにもならないことなのだと気付いた。

ルートヴィヒとの幸せな未来を夢見ていたが、殺されてしまっては元も子もない。

しかも、三回目のときは彼も一緒に死んでしまった。

もう誰も巻き込まない、そして死なないためにリリアーナができること。

それは、ルートヴィヒとの婚約が決まる前に逃げ出すことだった。

(お父様、お母様、ごめんなさい)

きっと迷惑をかけるだろう。心配も心労もかける。

父など、リリアーナの結婚によって近づくはずだった夢が後退する可能性もあるのだ、怒ってしまうかもしれない。

だが、すべて命あってこそのこと。

理解してもらえないだろう。だが、リリアーナはただいたずらに出奔するわけではないのだと心の中で訴えながら起き上がる。

さて、下準備は入念にしておいて損はない。

リリアーナはさっそく使用人を呼んだ。


「大丈夫なの？　リリアーナ」

「ええ、少し胸が痛くて苦しいだけよ」

心配そうな顔で覗き込む母を見上げながら、辛そうに眉根を寄せる。

自分の娘が体調を崩し、胸が痛いと言っているのだ、落ち着かないどころの話ではないだろう。

だが、これは仮病だ。

体調が悪いふりをして、ルートヴィヒとの顔合わせを回避することを目的とした作戦だ。

父も具合の悪い娘を無理矢理外に出すような親ではない。

仕方ないとルートヴィヒとの顔合わせは延期されることになった。

そうやって時間を稼いでいる間に、家を飛び出す準備をする。

地図を手に入れ、貴重品を鞄に詰め込み、機を待った。

そして、朝方、まだ皆が寝静まっている時間帯に屋敷を抜け出し、運命から逃げてきたのだ。

——ところが。

灰色の曇天を見つめながら、リリアーナは己のままならぬ運命を嘆いた。

(……私の人生、どうしていつも上手くいかないのかしら)

小さな雨粒がぽつぽつと降り注ぎ、頬を濡らす。

どうやら、これから雨に見舞われてしまうようだ。

早く身体を動かして雨を凌げる場所に逃げなければならないのだが、そんな気も起きない。

屋敷を飛び出し、辻馬車に乗ったところまでよかった。

ところが、辻馬車が突如運行不能になってしまったのだ。

ここ最近続いていた長雨でできてしまっていたぬかるみに、車輪がはまってしまったのが原因だった。

仕方なく次の町まで歩いて行こうとしたが、初めての道で迷ってしまう。

用意していた地図を広げたが、見慣れていないものを頼りにしても無駄だったようだ。

そこからさらに、正しい道を求めて歩いていたら、ぬかるんだ地面で足を滑らせて道脇の斜面を転がり落ちてしまった。

きわめつけは止んでいたはずの雨が再び降りだしてきたこと。

出鼻を挫かれたどころか、踏んだり蹴ったりもいいところだ。家出すらもまともにできないとは、自分はこういう星のもとに生まれてきたのだろうかと泣きたくなった。

(今度は野垂れ死にかしら)

殺されるのではなく、事故死。

その場合も時が戻ってくれるのだろうかとぼんやりと考えた、そのときだった。

そう遠くはない場所から獣の遠吠えが聞こえてきたのは。

野犬か狼か、はたまた別の獣か。

何かは分からないけれども、遭遇したら大変なことになる。

本能的に危険を察知したリリアーナは、こんな無駄に人生を嘆いている場合ではないと頭をかちりと切り替えた。

生存本能と言うのだろうか。

さっきまで指一本動かすことも億劫だと思っていたのに、身体が痛みを訴えていても構わず起き上がり、歩き出した。

どんな死に方をしようとも、さすがに獣に生きたまま食べられるのは嫌だ。

（どこか、隠れられる場所……）

まだ日が落ち切らない時間のはずだが、太陽が厚い雲に覆われているせいで辺りが暗くて視界が悪い。

リリアーナが滑り落ちた場所は木々が生い茂っており、ちょっとした森のようになっている。

わざわざこの中を突き進むのは危険すぎる。かといって、元の道に戻るのも難しい。

随分と転げ落ちてきたようで、見上げなくてはいけないほど上に道が見えた。

薄暗い森を進むか、急な斜面を登るか。二択を迫られたリリアーナは悩む。

できることなら、ここで夜を過ごすのは避けたい。それこそ、獣たちの動きが活発になって、運が悪ければ餌になってしまう。

一か八か、誰か通るのを期待してここで待ってみようか。

いや、もしかすると、頑張ればこの斜面も登り切れるかもしれない。

貴族令嬢として生を受けたリリアーナにとって、これは途方もない挑戦だ。

先ほどはあまりの不運の連続に投げやりになってしまったが、本当はリリアーナだって死にたいわけではない。

これは生きるためのあがきなのだ。

今度こそ上手く行くようにと願って屋敷を飛び出したのだから、何が何でも生きてみせる。

「きゃっ！」

だが、リリアーナがどれほど意気込もうとも、雨を含んで滑りやすくなっている土は、リリアーナを阻む。

土を踏み締めて登ろうとしたところから、滑って一歩も進めないのだからどうしようもない。

何度か試してみたが、結局服を泥だらけにしただけに終わった。

やはり森を突き進むしかないのだろうか。

そろりと後ろを振り返り、鬱蒼とした木々の並びを見つめては息を呑む。先ほどよりも闇が深くなっているのは気のせいではないだろう。

にっちもさっちもいかない状況に心が折れそうになったとき、雨の音に混じって馬が闊歩する音が聞こえてきた。

思わずバッと振り仰ぎ、上の道を見つめる。

すると、誰かが馬に乗ってリリアーナの目の前を通り過ぎていくところだった。

フードを被っているせいで性別や年齢は分からないが、腰に剣を佩いているのも見える。

「申し訳ございません！　そこの馬に乗っていらっしゃる御方！　聞こえますか？　道の下にいるのですが！」

雨の音で聞こえにくくなっているが、どうにか気付いてほしいと願いながら、リリアーナは叫び続けた。

すると、その人は辺りをきょろきょろと見渡し始めた。

聞こえたのだと歓喜に肩を震わせたリリアーナは、さらに前のめりになる。

「ここです！　ここにいます！　下です！」

両手を振り、懸命に自分の存在をアピールした。

その人はようやくリリアーナの姿を認め、馬から降りてこちらを覗き込んでくる。

「落ちたのか？」

雨の音が混じって不明瞭だが、声の低さから男の人だと分かる。しかも、若そうだ。

不幸中の幸いだとばかりに、リリアーナは助けを求めた。

「そうなのです！　滑って道から転がり落ちてしまいまして！　登ろうと試みたのですが、滑って無理でした。この暗さで森の中を突き進むこともできず、困っておりまして！」

「怪我は」

「多少ございますが、動けます！」

「なら、少しそこで待っていてくれ。馬で下りられる場所を探してそっちに行く」

「あ、ありがとうございます！」

わざわざこの雨の中、遠回りしてここまで迎えに来てくれるらしい。

馬で駆けるのであれば、森の中を突き進もうとも多少は危険を凌げる。

ありがたい申し出だった。

「お気をつけて……」

そう声をかけたとき、背後から唸り声のようなものが聞こえてきてハッとする。

咽喉が引き攣るような悲鳴を一瞬上げてしまったが、すぐにそれを呑み込んだ。

自分の口を手で塞ぎながら後ろを振り返る。

リリアーナが声を張り上げてしまったことで、先ほど遠吠えを上げていた獣が寄ってきてしまったのだろう。

歯を剥き出しにした野犬がこちらに近づいてきていた。

野犬の目はリリアーナしか捉えておらず、男が頭上で何かを叫んでも一瞥すらしない。

ただ底知れない闇が広がっているかと思わせる黒目で、こちらを睨み付けている。

こういうとき、逃げるべきなのだろう。

いや、それとも下手に動くと襲い掛かられるのだったか。

どちらにせよ、リリアーナは動けなかった。

足が竦んでしまって、地面に縫い留められたかのようにその場に立ち尽くしてしまったのだ。

死を覚悟したことは幾度もあった。

あぁ、今回も死んでしまうのだと悟ったことも。

そのたびに、リリアーナの身体はまるで石像にでもなったかのように動けなくなる。

世界の色彩が失われていく。

この感覚はいつも同じだ。

野犬が吠え、腰を落として助走をつけてこちらに向かって走ってきた。

悔しさに目の前が歪んだ。

「伏せろ!」

その瞬間、リリアーナは我に返る。

後ろから聞こえてきた声に、ガツンと脳を殴られ無理矢理覚醒させられたような気分になった。

ひゅっと息を吹き返すように息を吸い込み、石化したかのように動かなかった身体に力を入れた。すると、嘘のように膝が動く。

頭を守るように手で覆い、その場に蹲ることもできた。

とにかく、男の言葉に従い、どうにか野犬の強襲から逃れようと必死だった。

無様だろうがなんだろうが、生存本能はなりふりをかまってくれない。

衝撃に備えて目を閉じ、ばしゃんと泥水が顔に跳ねた感覚がしたときだった。

強い風が頭の上を通っていったかと錯覚してしまうほどの速さで何かが通り、「ぎゃんっ」と獣の鳴き声が聞こえてくる。そして、大きなものが地面に落ちるような音も。

視界の外で何が起こっているか分からない。でも、男の言葉通りいつまで伏せっていればいいのかも分からず、リリアーナはただ震えながら蹲り続けた。

「――無事か」

そんなリリアーナに硬く、どこか冷え込んだ声が聞こえてきた。

あの男性のものだ。

もういいのだろうかと目を開けて顔を上げると、やはり上の道にいたはずの男性が目の前に立っていた。

彼はリリアーナを助けるために、身ひとつで斜面を駆け下りてきてくれたのだ。

そして、襲い掛かろうとしていた野犬を剣で薙ぎ払い救ってくれた。

彼が手に持つ剣の刃先には血が滴り、雨で流され地面に落ちている。

離れたところに野犬が地面に転がっているのも見えた。

緊張で浅くなっていた息をどうにか整え、状況を把握したリリアーナは、もう一度「無事か」と問いかけてきた男に向かい頷く。

「……はい、ありがとうございます」

ようやく出せた声は震えていて情けないものだったが、それがリリアーナに生きていることを実感させた。

「立てるか」

「はい」

男は親切にもこちらに手を差し伸べてくれる。

ありがたくそれを取り、武骨な手を握り締めた。

不意に、昔のことを思い出す。

もう会えないであろうその人の手の感触が甦り、仄かな哀愁と手離した恋がリリアーナの心を苛んできた。

彼もまた、こんな手をしていた。

大きくて、節くれだって、温かくて、リリアーナの手を優しく握り締めてくれて。

そういえば、声だって似ているかもしれない。

彼の声も低く心地いいもので、少し硬さもあったけれど、リリアーナには柔らかさをもって接してくれていた。

（……ルートヴィヒ様）

心の中で愛おしい人の名前を呼ぶ。

すると、不意に目の前の男性の相貌が目に飛び込んできた。

フードを目深に被っていて顔が良く見えずにいたのだが、風で捲れてしまい、露わになったのだ。

しっとりと濡れた黒髪も、真っ直ぐにこちらを見据える紫色の瞳も、鼻梁がスッと通った高い鼻も、厚めの唇も。まさに水も滴るいい男という言葉が似合う、端正な顔立ち。

それらすべてがリリアーナの前に現れて、自分の目を疑った。

（……こんなこと……）

あっていいのだろうか。

こんな運命、数奇な出会い。

いや、逃げても引き寄せられてしまう、まるで呪いのような巡り合わせ。

二度と会うことはないと思い焦がれていた彼の人と、こんな形で出会うことになるなんて。

（どうしてルートヴィヒ様がここに）

リリアーナは、あまりのできごとに頭が真っ白になってしまった。

「本当に大丈夫なのか？　やはりどこか怪我を？」

ルートヴィヒはこちらの顔を覗き込み、気遣いの言葉をかけてくる。

だが、リリアーナは声を出すことができなかった。

出してしまったら最後、止めどない涙が零れ落ちそうな気がしたからだ。

心が震えて、自制が利かない。

「……いつまでもここにはいられない。動くぞ」

何も答えないリリアーナを見て埒が明かないと思ったのか、ルートヴィヒはため息交じりにそう言うとしゃがみ込む。

そして、リリアーナの背中と膝の下に手を差し入れると、抱き上げてきた。

ふわりと身体が浮かび上り、ルートヴィヒに横抱きにされてしまう。

「とりあえず、馬のところまで戻る。近くに我が家の別荘があるから、そこで雨宿りするといい」

こちらの返事を待たずにルートヴィヒは歩き出す。

リリアーナは彼の腕の中でドキドキと煩いほどに高鳴る心臓を鎮めようとしていた。

しとしとと雨がふたりを濡らし、体温を奪おうとしている。

だが、リリアーナの熱は高まるばかりで、引く素振りも見せなかった。

――どうしてこんなところでルートヴィヒに出会うのか。

王都から離れた、街中でもない、こんな田舎道で。

一国の王子がこんなところで何をしているのだろう。

驚きと混乱がリリアーナを取り巻き、今すぐにでもルートヴィヒに問い詰めたいところではあったが、残念ながらそれはできない。

今回、ルートヴィヒに出会う前に屋敷を飛び出してきた。

こちらが前の人生でのできごとを覚えていても、彼の中ではリリアーナは初対面の人間。

だから、リリアーナもルートヴィヒを知らないという体でいかなければならない。

下手に親し気に話しかけたりしたら、不審者か、もしくは不躾な人間だと思われるだろう。

――けれども。

(……ルートヴィヒ様)

彼のぬくもりや、息遣いや、鼓動や、香り、声も、顔も、身体の逞しさも、ルートヴィヒの何もかもが、恋心を思い起こさせる。

ジクジクと膿んだ傷口が痛むような、さらに抉られているようなそんな感覚。

けれども、痛みの中にも喜びがあって、心が愛おしさに溢れていて。

二度と会ってはいけないと思っていた人のはずなのに、偶然にも会えてしまったことが嬉しくて仕方がない。

気を抜けば泣いてしまいそうだ。

やはり出会ってしまう運命なのかと絶望に涙し、やはり出会ってしまう運命なのかと舞い上がる、相反する感情がせめぎ合う。

何度も人生を繰り返してきたが、そのたびに彼に恋をしてきた。

生涯ただひとりの愛おしい人。

彼の婚約者でいる限りは負のループは断ち切れないと、涙を呑んで離れたのに。

「そう言えばまだ名乗っていなかったな。俺はルートヴィヒだ」

また、リリアーナの目の前に現れて、言葉をくれる。

ふたりの思い出が彼の中から消えてしまっても、変わらぬ顔で、声で、口調で、リリアーナに問いかけるのだ。

「……お前の名は？」

そのたびに積み重ねたはずの思い出が、自分の中にしかもう残っていないことを実感する。

リリアーナは悲しみが顔に出てしまう前に、口を開いた。

「――オリヴィアと申します。ご迷惑をおかけして申し訳ございません、ルートヴィヒ様」

偽りの名前を告げ、静かに微笑む。

もうリリアーナとして、彼の前には立てない。

それでも、ルートヴィヒと一緒にいるのは嬉しくて。

そう咄嗟に思ってしまったのだ。

夢のような時間を噛み締める。

だが、いつまでも彼の腕の中にいるわけにはいかなくて、懐かしさに心を乱されている場合でもない。

リリアーナはひょっこりと顔を出しそうになった己の弱さを叱咤する。

主人の帰りを大人しく待っていた馬のところに戻り地面に下ろしてもらうと、恭しく頭を下げた。

「本当に助かりました。ぜひお礼をしたいのですが、碌なものが手元にはなく……気持ちをお伝えすることしかできないのが心苦しいのですが」

「礼を期待して助けたわけではないから気にするな。目の前で命が潰えるのをただ見ていることはできなかった」

「お優しいのですね……」

——相変わらず。

その言葉をつい続けそうになり、口を引き結ぶ。

口調こそ淡々としているが、彼が困っている人を放っておけない心の優しい人だと知っている。たとえ助けを求めたのが見知らぬ他人であっても、ルートヴィヒは手を差し伸べてくれるのだ。

そういうところが大好きだと、リリアーナは心の中で呟いた。

「それでは、私は先を急ぎますので、ここで」

助けてくれた人に対して礼を欠くとは分かっていたが、できればこれ以上、関わりを持つ前に姿を消しておきたかった。

いまだルートヴィヒに未練が残っているのだとまざまざと思い知らされ、リリアーナの中で焦燥感が募っている。

もうこれ以上は一緒にはいられないと、ルートヴィヒを振り切ろうとした。

ところが、彼に手を取られてしまう。

「そんな傷だらけの身体で雨の中を行くのは無謀だ。うちの別荘で一晩休んでから発つといい」

「い、いいえ、十分動けますし、これ以上ご迷惑をおかけできませんから」

「迷惑ではないと言っている」

「きゃっ」

去ろうとするリリアーナを引き留めるルートヴィヒは、どうしても見過ごせないのか強硬手段に出た。

リリアーナの腰を掴み、グイっと持ち上げ鞍に横向きに座らせてきたのだ。ついでとばかりに持っていた旅行鞄も落ちないように括り付けてしまった。

足が地から浮き、思わず悲鳴を上げてしまったリリアーナは、さらに目を瞠るような光景が飛び込んできて、身体を竦ませる。

ルートヴィヒがリリアーナの左足首を持ち、大きな手で触ってじっくりと見てきたのだ。

「腫れているな。痛みは」

「痛みなどはございませんのでっ」

だから離してほしい。たとえ、怪我を診るためだとしても、異性に足を見られるのは恥ずかしくてしかたがない。

それがルートヴィヒであればなおのこと。

「痛みを感じないのは今だけだ。怪我したばかりで気分が高揚しているせいだろう。落ち着けば、途端に痛み出す。その前に冷やした方がいい」

「……自分で冷やしますので」

あまりの羞恥に、声が尻つぼみになる。

赤らんでしまう顔やぶわりと上がってしまう体温を、彼に悟らせないように懸命に顔を隠した。

「強情だな。怪我を押してまで急がなくてはいけない理由が？」

「……それは」

あるにはあるが話せる内容ではない。

だが、それがいけなかったのだろう。

リリアーナは上手く誤魔化すこともできずに、ふと目を逸らした。

「ないのであれば、大人しく別荘に来るがいい。安心しろ、しっかりともてなすし、手当もしてやる。一晩身体を休めてから出発した方が、案外早く着くかもしれないぞ」

ルートヴィヒも馬に乗り上げ、リリアーナを腕の中に閉じ込めた。

「あの、ルートヴィヒ様……」

「これを被っておけ。少しは雨を避けられる」

自分が着ていた外套をリリアーナ被せ、こちらの戸惑いにも気付かずに手綱を握り締め出発する。

ルートヴィヒの方が濡れてしまうと外套を返してしまいたかったが、彼の優しさを無下にはできず、そして何だかんだと言いながらもこうやって彼といられることが嬉しかった。

ここで下手に動いてしまうと、馬から落ちてしまうかも。

ルートヴィヒが言うには足首が腫れているらしいし、たしかにだんだんと痛くなってきたかも。

そんな言い訳を自分にしつつ、リリアーナは大人しくなされるがままになる。

別荘に着くまでは許されるのではないかと、もう会う機会はこれをおいてないのだからと、彼の腕の中から逃げない理由を懸命に並びたてていた。

湖畔の別荘は、一度目の人生のとき一緒に遊びに行ったことがあった。

ルートヴィヒとふたりで馬に乗ったり湖でボートに乗ったりと、楽しい休暇を過ごした、大切な思い出が詰まった場所。

そして、ふたりの愛を確かめ合った場所でもある。

再びこんな形で訪れることになるなんて。

あのときは、結婚したらまた来ようとルートヴィヒが言ってくれた。

結局果たされることはなかったのだが。

そのあとに戻った人生でも、来られなかった。

二泊だけの滞在だったが、共に過ごした一秒一秒に大切な思い出が込められていた。

あのときは、ふたりの思い出として残るものだと思っていたのに、今ではリリアーナ一人だけしか覚えていない。

別荘についた途端に雨があがる。

空を見上げ、雲の隙間から太陽が覗(のぞ)いているのが見えて一瞬躊躇う。

それでもリリアーナは何も言わずにルートヴィヒの後に続き、彼もまた何も言わなかった。

「部屋と着替えを準備させている最中だ。今しばらく待っていてくれ」

「あ、ありがとうございます」

別荘に入るなり、慌ただしく駆け寄ってきた管理人のオルコックに一言二言話すと、すぐにリリアーナのもとに戻ってきてそう告げてきた。

おそらくルートヴィヒは前触れもなくここにやってきたのだろう。見知らぬ泥まみれの女性と一緒に来たのだから、驚くどころの話ではないはずだ。

以前はにこやかに出迎えてくれたオルコックは今はリリアーナを訝しげな顔で見ている。

しかも、普通なら貴族にいない、赤い髪の娘。

それだけでリリアーナが卑しい身分であると判断したはず。

彼らの視線に気づかないふりをして、そっぽを向いた。

使用人に案内されてゲストルーム専用の棟に通され、身体が冷えるからと汚れた服を脱がされたあとに、代わりにローブを着せられる。

湯あみの準備が整うと、申し訳ない気持ちを持ちながらも厚意に甘えさせてもらうことにした。

リリアーナが思っていた以上に身体は冷えていたようで、お湯に身体を浸すと心地よさが広がっていく。

傷付いた肌は痛みを訴えるが、それでもこの心地よさには敵わない。

(ルートヴィヒ様は元からここに滞在していたわけではなく、偶然あそこを通りかかったということなのかしら。だとしたら、あそこに何をしに……)

ようやく身体が温まって脳が活性化してきたので、改めて今の状況について考えてみた。

何故、ルートヴィヒがあの道を通りがかったのか。

用事があってあそこを通りかかったときに、偶然路頭に迷ったリリアーナを見つけたのだろうか。それとも他の理由で？

婚約者に顔合わせをすっぽかされて、何故かこんなところにいる彼。

何がどうなってそんなことになってしまったのか興味はあるが、藪を突く真似はできない。

できることならこれ以上ルートヴィヒに関わることなく、深入りすることもなく、綺麗に別れられればいいのだが、どこか後ろ髪を引かれるものが胸の中で燻っている。

徐々に大きくなっていく欲を振り払うように、リリアーナはお湯の中に頭の先まで沈み込む。すぐに浮かび上がり、無理やり気持ちを切り替えた。

「こちらにお着替えください」

風呂から上がりローブを再び身に着けて浴室を出ると、新品の下着からドレスまで一式用意されていた。

渡されたドレスはシンプルであるものの生地は上等で、コルセットをつけなければ着られないものだった。

たしかに、一国の王子の前に現れるのに、貧相な格好では失礼になるだろう。

使用人にドレスを着せられるのは慣れていたが、一度は捨てようとしていたものを再び突き付けられているようで複雑な気分だ。

「ありがとうございます」

「いいえ、分からないことがありましたら、何でもお聞きくださいませ」

窓の外を見れば、日はすでに沈んでいて、夜の帳が下りようとしているところだった。

長居はできないと屋敷を飛び出すのは、無謀もいいところだ。

言葉に甘えて、一泊させてもらおう。

そして、朝早くに屋敷を発ち、今度こそ本当にルートヴィヒとお別れをしなければ。

「入っても大丈夫か？」

ノックが聞こえてきて、扉越しにルートヴィヒが問いかけてくる。

リリアーナは慌てて座っていたカウチから腰を浮かせながら「大丈夫です」と答えると、すぐさま扉が開いた。

「立たなくてもいい。足の怪我に障る」

リリアーナの動きを制止したルートヴィヒは、目で再び座るようにと指示をし、目の前までやってきた。そして、その場にスッと跪く。

「薬を持ってきた。手当をするから、もう一度足を見せてくれないか」

彼が膝を折るなんて何ごとかと慌てたが、リリアーナの怪我の手当てをするためのようだ。

気持ちは嬉しいが、ルートヴィヒに手当てをしてもらうなど畏れ多い。

それに、また足を見せるのは恥ずかしくて、憚られた。

「あの、もしよろしければ、薬だけいただけますか？　自分で手当てをしますので」

「しっかりと固定しないと歩くとき辛いぞ。自分でできるか？」

そう問われて、ウッと言葉を詰まらせる。

できる自信はまったくない。

もっと言えば、包帯を巻いたことすらないので、満足な出来になるとも思えなかった。

「それとも、俺が歩けないお前を抱き上げて移動させる手もあるが……」

「そんなこと、していただかなくても大丈夫です！　させられません！」

「ならば、大人しく俺に手当てされることだな」

まんまと言いくるめられてしまい、大人しく手当てを受けることにした。

彼はリリアーナの腫れている左足を自分の太腿に乗せ、薬を塗る。

「俺もよく使っている薬だ。効果は俺自身が保証しよう。一晩で随分と腫れが引くだろうから、無理は禁物だが明日には動けるようになる」

「ありがとうございます」

次に包帯を手に取り、丁寧な手つきで巻いていく。

その様子を興味深く見つめながら、ルートヴィヒは器用で、王子だが何でも自分でこなす性分であると思い出した。

身分に胡坐をかくことなく、驕ることなく、自分が何をすべきかを見出し、動き出すのだと話してくれたときがあったのだ。

そんな彼を好ましいと思ったし、憧れを持った。

こんな素敵な人の妻になれることが誇らしいと。

「随分と急いでどこかへ行こうとしていたようだが、どこに行くつもりだった」

ルートヴィヒの真剣な顔に見蕩れていると、不意に問われ我に返る。

「は、はい、あの、少し遠くの町に行こうかと」

「何か用事があるのか？」

「……いえ、そうではなく……何と言いましょうか、心機一転、新天地に参ろうかと旅の途中でして」

「新天地？　どこか行く当てが？」

「一応、目星はつけておりますが、そこに落ち着くかどうかはまだ分かりません」

ほどよく王都から離れていて、ひっそりと暮らせるような少し寂しい町・ネリーモンテ。

そこには、四回目に時が戻ったときに婚約破棄後に送られた修道院がある。

今回、修道院に入るつもりはないが、それでもまったく知らない土地で暮らすよりも、ある程度は見知った町の方が安心できると思い選んだ。

それに、職の当てもある。あの町は常に若手が不足していて、人材を求めていた。

働くことに不慣れなリリアーナでも、就ける職があるかもしれないという期待を持って向かっていたのだ。

「……何故、住むところを変えようと決めたのか、聞いてもいいだろうか」

しばらく沈黙が続いたのでこれで話は終わったのだと思っていたが、ルートヴィヒがさらに聞いてくる。

彼にしては珍しく突っ込んでくるものだと、リリアーナは物珍しそうに瞬いた。

「上手く言えるか分からないのですが、今まで定められた道がひとつだとばかり思っていたけれど、本当はもっと違う道があるのでは？　と気づきまして」

「それまでの道は間違っていたと？」

「間違っていたわけではありません。……違うと信じたい。けれど、信じるに足るほど私の力がなかった。あまりにも力がなさ過ぎて、違う道を探すしかなかったと言いましょうか」

一家断罪を回避しても、諦めきれなかったのがルートヴィヒの婚約者という立場だった。

どうにかこうにかしがみ付き、彼との未来を夢見ていたのだ。いつか幸せになれると信じて。

けれども、結局いずれの人生でも失敗に終わり、命を落とした。

「だから、考えを変えたのです。いっそのこと飛び出してみては？　と。飛び出した先で一縷(いちる)の光が見出せるかもしれない。それに賭けてみてもいいのではないかと」

ルートヴィヒは顔を上げ、神妙な表情をする。

「申し訳ございません。よく分からない話でしたよね。……ただ、飛び出ることで見えてくるものがあるのではないかと」

「いや、何となく分かる。……お前は、変えようとしているのだろう？　それが自分か環境か、それとも別の何かは分からないが」

「おっしゃる通りです」

よかった、納得してくれたと、ホッと胸を撫で下ろした。

さらに突っ込んで話を聞かれたら困っていたところだ。

何度も人生を重ねているうちに随分と神経が図太くなり、軽い嘘ならば吐けるようになったし、屋敷を飛び出すくらいの大胆さを培(つちか)った。

それでも、変わらないのはルートヴィヒを前にすると、途端に弱くなるというところだ。

惚(ほ)れた弱みなのだろうか。

彼の紫色の瞳に見つめられると、心が丸裸になってしまったような気持ちになる。

偽ることに躊躇(ためら)いを持ち、素直な自分でいたいとさえ思えてしまうのだ。

「何かを大きく変えることは容易(たやす)いものではない。なら、お前も相応の覚悟があってのことだろう」

先ほどよりも低く、落とした声でルートヴィヒが呟く。

眉尻を落とし、どこか寂しそうな顔で。

「だが、飛び出るにしても女性一人での旅は危険だ。今回、俺が運よく通りかかったからいいものの、もしもそうでなければどんな目に遭っていたか分からない」

そうかと思いきや、サッと表情を変え、少し険しい顔を見せてきた。

「あのまま野犬に殺されたかもしれないし、助けてくれた人間が不埒な輩かもしれない」

「でしたら、私は運がいいですね。こうやって、ルートヴィヒ様のようなお優しい人に助けていただけたのですから」

「運の良さばかりに頼られては困るんだがな」

ふぅ、と呆(あき)れた溜息を吐かれて、リリアーナは苦笑いを返した。

たしかに、ルートヴィヒの言っていることはもっともだ。

けれども、言い訳をするのであれば、しっかりと下調べをして危険がないようにとルートも決めてから出発していた。

本当なら辻馬車を乗り継げば、迷うことなくネリーモンテにつけるはずだったのに、まったく不運としか言いようがない。

さらに、不埒な輩に襲われても抵抗できるように、実は懐にナイフを忍ばせ、最大限安全を図れるようにしていたのだ。

……それも野犬を前にして、すっかり頭から抜けてしまったが。

「とにかく、数日はここで休め。もし、目的地に行くというのであれば、俺が送り届けてやる」

「そんな！　ルートヴィヒ様のような方の手を煩わせるわけにはいきませんので！」

とんでもないと両手を横に振りながら断る。

親切にされるのは嬉しい。本当なら無下にしたくはないが、これ以上彼の手を煩わせたくはなかった。

今のリリアーナは「オリヴィア」だ。

ルートヴィヒとは初対面で、しかも庶民。

言葉を交わすことも畏れ多い存在であるし、そこまでしてもらえる義理もなかった。

「『ルートヴィヒ様のような方』と言うが……俺の素性を知っているような口ぶりだな」

リリアーナとしては遠慮して断ったつもりだが、ちょっとした言葉にルートヴィヒは引っ掛かったらしい。

眉根を寄せて、問い詰めるような口調になった。

「こんな立派なお屋敷を持っているのですから、貴き身分の方だとお見受けしました。違いましたか？」

動揺を極力顔に出さないように、少々とぼけた顔で質問を返す。

内心は心臓が飛び出そうなくらいに緊張しているが。

「お前の見立て通りだ。だが、こちらからすれば、お前の言葉遣いや所作は平民にしては上品で、まるである程度の教育を受けていたように見える」

「……両親が厳しくて。将来、貴族のお屋敷で働くことになっても恥ずかしくないようにと、所作振る舞いに関しては口煩く言われてきたものですから」

「なるほど」

ひやりと背中に嫌な汗が伝っていったのが分かった。

鋭いところを突いてきたと、ルートヴィヒの観察眼に悲鳴を上げそうになる。

そういう敏いところは大好きだが、今は困ってしまう。

だが、それに気付くほどにリリアーナを見てくれていたのかと、別の意味でもドキドキしている自分がいた。やはり舞い上がる心をどこか制御できていないのかもしれない。

「もし、働き口を探しているのであれば、俺のところで働かないか？」

包帯の端を結び終えたルートヴィヒは、跪いたままこちらを見上げ聞いてきた。

彼の申し出に驚きながらも、リリアーナはゆっくりと首を横に振る。

「いいえ。そこまで甘えるわけにはいきません。私は、私の力で生きることに決めました。そう生きてみたいのです」

今までとは違った生き方をすれば、ループを絶つ方法が見つかるかもしれない。

「分かった。けれど、何かあればいつでも力になる。……頼ってほしい」

「ありがとうございます」

スッと立ち上がり、扉の方へと向かっていった彼の背中を見送る。

ルートヴィヒがくれた優しい言葉を噛み締めながら、リリアーナはクシャリと顔を歪めて、泣くのを堪えた。

「夕食は一緒に、ぜひ」

「……はい」

去り際、肩越しにこちらを振り返り、また嬉しい言葉を残してくれる。

パタリと扉が閉まる音が聞こえてきたと同時に、嬉しいような寂しいような、どちらともつかない笑みを浮かべている自分がいた。


（今夜が、本当にルートヴィヒ様と最後の時間になるのね）

何度人生を繰り返してもルートヴィヒと出会い、そして愛を育んだ。

いくつもの時間を共に過ごし別れ、また出会う。

この胸には思い出のひとつひとつが息づいている。

忘れようとも忘れられない、宝物たちが。

今回は一晩で、どんな思い出がつくられるだろうか。

たった一夜でどれほど心に刻み込めるのか。

もし、リリアーナの推測通り、ルートヴィヒの婚約者になることが引き金なのだとしたら、別荘を出れば二度と会うことはない。

リリアーナは身分を偽り、平民としてひっそりと暮らす。

ルートヴィヒは、行方をくらましたリリアーナの代わりに、別の女性を婚約者として迎えるのだろう。

彼の隣で、見知らぬ誰かがあの不器用な優しさに触れる。

誰かがルートヴィヒに微笑みかけられ、そして彼の愛を得る。

リリアーナ以外の誰かを愛して、一生を添い遂げるのだ。

前回は、自ら婚約破棄を申し出て、彼との愛を捨てた。

けれども、今回は愛を得る機会すらない。

それを分かっていながら婚約者の立場を捨て、屋敷を出たというのに、ルートヴィヒに会ってしまったことで惜しむ気持ちが芽生えてきた。

もう一度、ルートヴィヒの愛を得たい。

いや、そんなことを思うのはおこがましい。

リリアーナは逃げたのだから、愛を得る資格すらないのだ。

でも、もし愛ではなく、思い出だったら。

（……一夜の忘れがたい思い出を得られたら）

きっと、今後どんな人生でも受け入れられる。

二度と時が戻らなくても、悔いが残らないくらいに。

「足の具合はどうだ？」

部屋でひと休みしたあとに使用人の案内で食堂に着くと、扉を開いた先にルートヴィヒが待ち構えていた。

扉の前で待っていてくれていたようで、サッとこちらに手を差し伸べてくれる。

「お薬と、包帯できっちり固定していただいたおかげで歩きやすいです」

「それは何より」

ルートヴィヒにエスコートされながら、用意された席に案内された。

「今日は鹿肉だそうだ」

今朝狩人（かりうど）が仕留めた大物だそうで、ちょうどいいタイミングだったとオルコックが説明してくれる。

ルートヴィヒと向かい合わせで食事をとっていたリリアーナだったが、こんなにも素晴らしいおもてなしを受けているのに、食事の味がよく分からなかった。

この目に彼の一挙手一投足を焼き付けるのに忙しい。

どんな表情も動きも逃したくないと、気付かれないように盗み見ていた。

「どうした？　食欲がないのか？」

だが、あまりにも熱心に見続けてしまっていたらしい。

リリアーナの視線に気づいたルートヴィヒは、心配そうにこちらを窺っていた。

「いいえ、大丈夫です。こんな豪華なお食事初めてですので、気後れしてしまって」

「好きに食べろ。ここではマナー等小うるさく言う奴はいない。そうだろう？　オルコック」

ちらりと横に並びパンを給仕していたオルコックに、ルートヴィヒが尋ねる。

おそらくしきたりなどにうるさいであろう彼は、ぴくりとこめかみを震わせて、小さく「そうですね」とだけ答えた。

ルートヴィヒなりの気遣いなのだろう。

庶民であろう「オリヴィア」が気兼ねなく食事ができるようにと、緊張を取り払ってくれたのだ。

その優しさがくすぐったかった。

食事が終わったあとは、それぞれの部屋へと向かう。

別れ際「おやすみなさい」と挨拶をしたものの、このまま眠れるわけがなかった。

一度、部屋に入り、扉に凭れかかりながら深呼吸をする。

――今夜、今夜だけしかない。

これを逃せば、もうチャンスはないだろう。

リリアーナはずっと淑女であれと言われて育てられてきた。

淑女教育を受ける者は皆そう教わってきただろう。

慎ましく、雅やかに、清楚であれ。

貴族令嬢であれば、それにならい貞淑なままでいるのが通常だ。

（でも、もう私は令嬢ではないわ）

すべてを捨ててここまでやってきた、ただの女。

（これ以上、分不相応なことは願わない）

大人しく、慎ましく今回の生を受け入れる。

（ただひとつの幸せを得られたら、それだけで……）

——リリアーナは強く生きていけるのだ。

最後にもう一回深呼吸をして、真っ直ぐに前を見据える。

鏡台まで歩いて行き、椅子に座ると、何本も置いてある美容品の中から香油を手に取った。

香油もいくつか用意がしてあり、ローズや柑橘系の香り、白檀などがある。そのひとつひとつの匂いを嗅ぎ、白檀に決める。

自分の首筋やデコルテに薄く塗り、深く息を吸い込んだ。

白檀にはリラックス効果があるという。

これを塗るのは、もちろん少しでも見栄えを良くしたいという欲からだが、加えて緊張でどうにかなりそうな心を落ち着かせる意味もあった。

次に、髪の毛にも少量香油を塗り込み、櫛で梳かす。

リリアーナの赤い髪は、徐々に輝きを取り戻して艶めいてきていた。

今でき得る限りの手入れをし終えたリリアーナは、鏡の中の自分を見つめる。

(初対面の私では、ルートヴィヒ様の興味を引くことは難しいかもしれないけれど)

それでも、何もせずに諦めてこの屋敷を去るよりはいい。

怖気づいて試さないより、勇気を振り絞ってぶつかってみた方が、きっと後悔は少ないだろう。

あのとき、ああしていれば。

この手の後悔は、最も自分を苦しめると、今まで巡ってきた人生の中で学んできた。

だから、今日は、今日だけは。

自分の想いのままに行動しよう。

断られても、嫌われても。それはそれで踏ん切りがつくし、次に進める。

リリアーナは立ち上がり、足音や物音を立てないように部屋を出る。

薄暗い廊下を突き進むのは心許なく、途中で誰かに会う可能性にも怯えていたが、足取りに迷いはない。

ルートヴィヒが使う部屋なら覚えている。

一度目のときに、そこを訪ねて、一緒にボート乗りやピクニックに誘った。

今リリアーナが泊っているゲスト用の棟を抜け、食堂やホール、本棟を通り、さらに奥の方へと突き進む。

運よく誰にも見つからずに辿り着くことができたリリアーナは、他の部屋よりも重厚な扉の前に佇んだ。

一度手を上げノックしかけて躊躇い、そんな臆病な自分を心の中で叱咤し、再び手を上げる。

小さく、ゆっくりとノックした。

指に伝わってくる扉の感触が、現実を知らしめる。

——今から、ルートヴィヒに抱いてくださいとお願いするのだと。

「誰だ」

扉越しに誰何され、名乗ろうと口を開く。咽喉が震えているのが分かった。

「……リ……オ、オリヴィアです」

一瞬、間違えて「リリアーナ」と名乗ろうとしたことに気付き、慌てて言い直す。

そのくらい緊張していて、声すらも震えて上手く出せない。

まずはルートヴィヒが扉を開いてくれるか。

それとも門前払いされてしまうのか。

彼は会ってくれるのかと、ドアノブを凝視しながら動くことを願った。

すると、願いは届き、ドアノブがゆっくりと回される。

バッと仰ぎ見ると、扉の向こうからはシャツとトラウザーズだけのラフな格好をしたルートヴィヒが現れた。

「どうかしたのか」

彼は夜中に突然現れたリリアーナを訝しみながらも問いかけてくる。

不安と緊張が渦巻いているせいだろうか、こちらを見下ろす彼の紫の瞳が鋭く見え、その眼光の強さに思わず息を呑んだ。

「……実は、ルートヴィヒ様に、折り入ってお願いがございまして」

服の胸元をキュッと掴みながら、必死に彼から目を逸らすことなく見つめ続ける。

怯むな、怖気づくな、何度も何度も自分に言い聞かせた。

「何だ」

「こんなことを願うのは、本当におこがましくも不躾なのは承知しております。ですが、恥を忍んでここに参りました……」

それこそ、この人生を賭けてここに立っている。

リリアーナの愛も何もかも賭けたその言葉を、ゆっくりと口にした。

「──私を、抱いてくださいませんか」

みるみるうちにルートヴィヒの形相が恐ろしいものになっていく。

だが、不思議なことに緊張が身体からスッと抜けていった。

何度も頭の中で反芻していた言葉を口から出したことで、一緒に緊張も抜けていったのかもしれない。それとも、もう開き直ってしまったのか。

冷静に対峙する自分がいた。

「……理由を聞きたい。今すぐに返事をしてもいいが、わざわざこんな夜更けにやってきてそんな申し出をする、それなりの訳があるのだろう？」

「もちろんです。ですが、その前に部屋に入ってもよろしいですか？　こんなところで話すのは憚られる内容ですから」

リリアーナの言葉に、ルートヴィヒの眉間に皺が寄ったのが分かった。

やはり、どんな事情があるにせよ、この状況で部屋の中に女性を入れるのは憚られるのだろう。

「扉は開けたままでいいですので。もしも、私が話す理由に納得し、抱いてもいいと思われたら、扉を閉めてくださいませ」

「納得できなければ、速やかに出ていくと言うのか」

「はい。こういうことは、無理強いしたりごねたりするものではございませんから。そのときは、潔く出ていきます。そしてお互い、このことは忘れましょう」

それでもきっと、リリアーナは忘れられない。

たとえ断られても、ルートヴィヒと一言でも多く話せた時間は、何よりも尊いものだ。

今のリリアーナはどこまでも前向きだ。

どんなことだって受け止めて、自分の糧にできる。

「分かった。なら、入れ」

「失礼いたします」

ペコリと頭を下げ、部屋の中に足を踏み入れる。

久しぶりに入ったルートヴィヒの部屋は、あのときと変わりなく、濃紺を基調とした調度品で揃えられていた。彼らしい好みだと、あのときも思ったが、今も同じことを心の中で呟く。

「それで、理由とは？」

続いてやってきたルートヴィヒは、椅子の背もたれの縁をポンと叩く。

ここに座れという合図だ。

彼はこうやって言葉ではなく、仕草でメッセージを送ることが多い。

メッセージの意味をすでに心得ているリリアーナは、迷わずに椅子に座る。

ルートヴィヒはこちらを見下ろすように佇んだ。

「先ほどルートヴィヒ様に心機一転、新天地でとお話ししましたが、実は修道院に入ることになっているのです」

これは嘘で本当の話だ。

ただ、今回の人生の話ではないというだけのこと。

四回目に時が戻ったときに実際に経験した。

「修道院？　それがお前が言っていた別の道か」

「はい。いっそのこと俗世から離れて、神に身を捧げながら生きてみようかと」

「それは随分と思い切った決断だ」

「ときには大胆さが必要だと、そう思いませんか？」

ニコリと微笑むと、ルートヴィヒは憮然とした顔で押し黙った。

「俗世から離れる前に、何か思い切ったことをしてみたい。神にこの身を捧げる前に、誰かに偽りでもいいから愛されてみたいと、私はそう願ってしまったのです」

　できることなら、ルートヴィヒという愛する人に愛されたい。

「それで、身近にいた俺にお願いをしに来たというわけか」

「と言うよりも、こんな欲が出てきてしまったのは、ルートヴィヒ様のせいです。貴方が、私に優しくしてくれたから。人のぬくもりを与えてくれたから……」

　きっと、あのときルートヴィヒに出会わなければ、リリアーナはただ無為に人生の終点を探すだけに終わっていただろう。

　愛をなくし、喜びもなく、ただひたすらに今度こそ時が戻らずに済むようにと願うだけ。

　そんな色を失った世界に、ただひとり。

　でも、ルートヴィヒが色を与えてくれるのであれば。

　いや、もう彼しか、リリアーナの世界を助けられない。

「恥知らずと思われるかもしれません。この機に乗じてとんでもないことを言い出すものだと、呆れてしまわれるかも。ですが、これだけは分かってください。……私は、軽い気持ちでここにいるわけではありません。私の一世一代の決意を持って来たのだと、知っていてほしい」

　それに、ときおり思い出す。

　一度目、処刑される直前に交わした口づけのことを。

「……もし無理なら、口づけでもいいのです」

　ほんの一瞬、触れるだけだったそれは、悲しいキスでもあったが、同時にふたりの絶え間ない愛を思わせてくれたものだった。

できることなら、思い出すだけで胸がぎゅっと苦しくなるようなキスではなく、もっと美しいものとして胸の中に留めておきたい。

「それだけでもいいので……どうか、私にお情けをくださいませんでしょうか」

必死に訴えかける。

ひとつでも多く、ルートヴィヒと触れ合った思い出がほしいと。

すると、リリアーナの必死の訴えに思うところがあったのか、彼は絞り出すように声を出した。

「……お前の気持ちはよく分かった」

そう答えてくれたルートヴィヒの顔からは、とりあえず侮蔑や嫌悪のようなものが見られない。

「あ、ありがとうございます」

このあとどんな答えが待っているか分からないが、頭ごなしに跳ね除けるのではなく、リリアーナの想いに理解を示してくれたことにお礼を言う。

ところが、ルートヴィヒはしばし考え込むように黙りこくってしまった。

真剣な彼の顔を見つめながら、リリアーナは辛抱強く待つ。

待てば待つほどに、鼓動が大きく動いていった。

不意にルートヴィヒが動き出し、扉へと向かう。

もしかしてと期待が一気に膨らむが、まだ分からない、期待をするなと自分に言い聞かせながら、ルートヴィヒの動向を見守っていた。

だが、ドアノブに手をかけた彼は、こちらを振り返る。

まるで、さぁ、ここから出ていけと言わんばかりのその姿に、スッと心が冷えていくのが分かった。

（一か八かの賭けだったけれど、やはり……）

今日出会ったばかりの素性もよく分からぬ女性を抱く気にはなれないかと、リリアーナは肩を落とす。

無謀な賭けだったのだと。

ルートヴィヒが出した答えならば、潔く去るしかない。

むしろ、紳士的な態度でいてくれたことに感謝しなければ。

理由も聞かれずに追い出されても仕方がない申し出だったはずだ。

椅子から立ち上がり、扉へと足を進める。

日の出とともにここを去る。

顔を合わせることなく、ひとりで。

あぁ、これで本当に最後なのだと、噛み締めながら。

だから、失意の中であってもルートヴィヒから目を離したくなかった。

彼を見つめながら歩き、扉の前に立つ。

「こんな夜更けに、本当に申し訳ございませんでした。どうかこのことはお忘れください。……おやすみなさいませ」

頭を下げ、再び足を動かす。

部屋の外へ。ルートヴィヒとの別れに向かって。

——ところが、目の前で扉が閉められる。そしてルートヴィヒを見上げた。

瞬き、これの真意を問いかける。

眼前に広がる重厚な扉を見つめ、そしてルートヴィヒを見上げた。

「……どうしたものかと迷ったが、あんなことを言われてしまったら無下にはできない」

ルートヴィヒの言葉にリリアーナは驚きながらも、じわじわと胸の中に喜びが広がるのを感じていた。そして、次に込み上げてきたのは涙。

だが、懸命に耐えた。

めそめそと泣くところを見せて、ルートヴィヒの気を削いでしまっても困る。

笑って喜びを見せようと思ったが、上手くできたか分からない。

「それにお前がそう望んだのは俺のせいだと言うのなら、その責任を取らなければならないだろう」

「そんなつもりで言ったわけでは……」

責任を取らせたかったわけではない。ただ、素直な気持ちを口にしただけで、ルートヴィヒにそこまでの責を負わせるつもりはなかったのに。

慌てて言い訳をしようとすると、ルートヴィヒはフッと口元に笑みを浮かべ、リリアーナを抱き上げてきた。

「ルートヴィヒ様？」

横抱きにされ、浮遊感に驚いたリリアーナは彼の首にしがみ付く。

目を白黒させていると、ルートヴィヒは顔を近づけて覗き込んできた。

「残念ながらもう俺はその気になってしまった。お前がそうさせたんだ。なら、互いに責任をとるべきだろう？」

まさか、本当に、ルートヴィヒと？

信じられない面持ちでいたが、一歩一歩ベッドに近づいていくことにより、徐々に真実味を帯びてきた。

緊張で今にも気を失いそうになったが、どうにか気をしっかり持つ。

結婚できなくとも、生涯の伴侶として愛を得られなくても、今のリリアーナにこれ以上の幸運はない。

ルートヴィヒの言葉、しぐさ、ぬくもり。

どれもしっかりと覚えておかなければ。

「ありがとうございます、ルートヴィヒ様」

ベッドの上にゆっくりと下ろされて横たわる。

見上げるリリアーナの上にルートヴィヒが覆いかぶさり、赤い髪を撫でてきた。

「お前もそれ相応の覚悟を持って来たのだろう？　それならば、俺も覚悟を決めよう」

髪の毛を一束手に取り、毛先にキスを落とす。

そして、ニヤリと意味深な笑みを浮かべてきた。

「……あっ」

それはどういう意味……と問いかけようと思ったが、その前にルートヴィヒがリリアーナの唇に触れてきた。

親指の腹で柔らかさを確かめるようになぞり、形を知るかのように擦る。

胸が高鳴る。

ただ指が触れただけだというのに、この先のことを思うと期待が高まって仕方がない。

彼のしぐさが、目線が色めいたもので、リリアーナの知らない先のことを示唆しているかのように思えた。

ゆっくりと顔を傾けながら、彼は顔を近づけてくる。

案外長い睫毛が瞳に影を落とし、目が細められるのをリリアーナは見つめていた。

一度目のキスは、彼のそんな顔を見る余裕もなかった。

もうすぐやってくるであろう別れに悲しむ暇もなく、ただ限られた時間でどれほど愛を伝えられるか、それだけを考えていたかもしれない。

でも、今は誰にも邪魔されない、ふたりだけの時間。

リリアーナに許された一夜。

チュッと軽く唇にキスをされ、うっとりと目を閉じた。

(……あぁ、愛する人とする口づけは、こんなにも幸せなものなのね)

ずっと果たすことができなかった、願っても叶わなかった幸せに満ちたキスをようやくしてもらえたと、心の中で咽び泣く。

唇から幸せが流れ込んできて、脳を痺れさせる。

もうルートヴィヒのことしか考えられないように作り変えられているようだった。

だから、彼の唇が離れていったとき、寂しく思ってしまった。

もっと味わっていたかった。もっと幸せを感じていたかったと。

だが、これ以上欲張ってはいけない。

ここまで情けをもらえただけでもありがたいことなのだからと自分に言い聞かせ、閉じていた目を開こうとした。

ところが、再び唇が下りてくる。

唇同士を隙間がなくなるほどにぴったりと合わせ、彼はチュッと音を立てて啄んだ。

何度も何度も、ルートヴィヒはリリアーナの唇を味わう。

それだけでは物足りなくなったのか、舌でリリアーナの歯を舐り、その先を望んできた。

「舌を出せるか？　口を開けて……そうだ」

優しい声。

未知の経験に怯えを感じてきたリリアーナを宥めてくれている。

彼の言葉に従い、リリアーナはおずおずと口を開いて舌を少しだけ出してみた。

すると、ルートヴィヒはご褒美をくれるように頭をひと撫でしてくれて、再び唇を塞がれる。

舌を絡め取られ、口内に彼の肉厚な舌が侵入してきた。

「……ふぅ……んっ……ぁ……んぁぅ」

舌を扱かれ、吸われ、舐められる。

ゾワゾワとしたものが腰から背中にかけて駆け上がってきて、身体を捩らせた。

ルートヴィヒは逃すまいと、リリアーナの後頭部に手を回しさらに深く繋がってくる。

逃げられなくなったリリアーナの口内は、ルートヴィヒの欲のままに蹂躙されていった。

舌を一通り弄んだあとは、上顎や歯列をも舐められる。

彼が与えてくれる刺激は、何もかもが気持ちいい。

上手く息が取り込めなくて、脳に空気が行き渡っていないせいもあるのだろうが、頭がぼうっとしてきた。ビクビクと身体が震えるたびに頭の中が真っ白になっていく。

「……ふぁっ……んぅ……あっ……ふぅ……ん」

恥ずかしい声が漏れてしまう。

こんなはしたない声などルートヴィヒに聞かせたくないのに、抑えようと思っても難しい。

むしろもっと出せとばかりに激しく攻めてくる。

堪らずルートヴィヒの胸に手を置いて縋り付いた。

口の中を弄られる感触も、ルートヴィヒに触れられているという現実も、彼はこんな情熱的なキスをするのだという事実も。

それらすべてが、リリアーナを快楽に追いやり、苛んだ。

ようやく唇を離されたときには、肩で息をするほどになっていて、口の端から涎が零れた。

ルートヴィヒは満足そうな顔をしながらそれを舌で掬い、名残惜しいとばかりまた何度か唇を啄んでくる。

さらに首筋に手を滑らせ、耳の後ろをくすぐり、そしてゆっくりと撫で下ろした。

——凄い経験をした気がする。

キスとはもっと軽い触れ合いだと思っていた。

それこそ、唇を重ねるだけの、表面的な接触。

だが、今ルートヴィヒとしたキスは、表面どころかリリアーナの中まで舌で犯されるような濃くて淫靡なものだ。

口の中に快楽を吹き込まれ、肌の下に潜り込みながら全身に行き渡るような、そんなリリアーナの身体すべてを支配するようなもの。

おかげで首筋を撫でられているだけなのに、身体が火照ってくる。

気持ちよくて、淫らな気持ちになって、下腹部が疼くような感覚がした。

「……ありがとうございます、ルートヴィヒ様。素敵な思い出になりました」

息も絶え絶えになりながら、リリアーナはお礼の言葉を口にする。

キスだけでもと強請ってここまでやってもらったのだ。

もうこれで十分だと伝えて、未練がまた湧いてこないうちに離れようとした。

ところが、ルートヴィヒがシーツの上に投げ出されていたリリアーナの手に己の手を絡ませ、その場に縫い留める。

ここから逃さないとでも言うように、力強く。

「何を勝手に終わろうとしている」

まだ終わりではないはずだろう?

ルートヴィヒの瞳がそう問いかけていた。

「でも、もう……キスはしていただきましたし……」

「誰がキスだけで終わらせると言った。お前の望みは、抱いてもらうことだったはずだ。そうだろう?」

右手を掴んでいた手が、ゆっくりと肌の上を滑ってくる。

先ほど植え付けた官能を引きずり出すように、ねっとりとした手つきで。

手首、肘、二の腕、肩。

中心に近づけば近づくほどに、リリアーナの吐息が熱くなっていくのが分かった。

「望み通りお前を抱く。お前をここで俺のものにすると決めた」

「ルートヴィヒ様っ」

脇腹を通り、腰に。

太腿にかかったときは、身体を捩らせて逃げようとした。

だが、彼の手から逃れることはできず、ぐっと膝を掴まれる。

「お前が望むのであれば、俺も遠慮はしない。だから、お前も覚悟を決めることだな。——俺に

「とことんまで愛され尽くすことを」

情欲に濡れた目でリリアーナを見下ろすルートヴィヒは、迷いもなくスカートの中に手を差し入れてきた。

使用人が準備してくれた寝巻きはワンピースで、裾を捲れば簡単に脚が露わになってしまう。

膝から太腿にかけて手を滑らせ、ゆっくりと捲り上げていった。

片手で腰を持ち上げられ、ワンピースを頭から脱がされると、リリアーナは下着一枚になる。

ルートヴィヒに裸を見られて咄嗟に胸を両腕で隠すと、羞恥に顔を逸らした。

素肌をつぶさに見つめられていると思うと、目を合わせられない。

だが、彼はリリアーナの顎に手を添え、自分の方を向かせてきた。

「ほら、今からお前を抱く男の顔をしっかりと見るんだ」

意地悪で言っているのか、それとも本気でそう言っているのか。

リリアーナは顔を真っ赤に染め上げて、肩を竦めた。

「……ぅ……っ」

恥ずかしさと緊張で自然と息が上がる。ルートヴィヒから顔を逸らしたいと願っても、彼が許してくれない。

目を逸らすな、これから誰に抱かれるのかをしっかりと見ていろと有無を言わさぬ瞳の強さで命じてきていた。

逆らえない。本能がそう告げていた。

ゆっくりとルートヴィヒの顔を見れば、彼は優しく微笑む。

「いい子だ」

頭を優しく撫でられ、彼のぬくもりにホッとした。

こんな風に宥められているとすべてを委ねたくなってしまうから困ってしまう。

「そうやってずっと俺を見ていろ。これからお前がどう抱かれ、どう俺のものになっていくのか、しっかりと見届けるんだ」

そう命じてきたルートヴィヒは、リリアーナの耳殻を口に含み、舌を這わせては甘噛みしてきた。

「……あっ……耳……っ……だめっ」

ビクリと肩を震わせる。

そんなところも感じてしまうなんて信じられない。

耳なんて常に剥き出しになっている部分なのに、こんなにも気持ちよくなってしまったらこれからどうしたら……。

つい動揺して声を上げたが、すかさずルートヴィヒが囁いてきた。

「逃げるな。これからもっと気持ちよくなれる場所を探してやるから」

「あっ」

艶のある声が耳に直接吹き込まれ、今度はピリピリとした快楽が腰にまで届き下腹部を疼かせる。彼の愛撫にも声にもどうやら弱いらしい。

くちゅくちゅといやらしい音を立てながら耳を愛でられ悶えていると、ルートヴィヒは同時にリリアーナの胸を揉み始める。

他の令嬢より豊満なそれは、彼の大きな手でも少しはみ出てしまう。

ともすれば下品に見えてしまう乳房を、リリアーナはあまり好いてはいなかった。

だから、ルートヴィヒに見せるのを躊躇(ためら)ったのだが、彼はそんなことを気にする素振りもなく揉みしだく。

まるで、柔らかさを楽しんでいるかのようにも見えた。

「……ふぅ……ンんぅ」

次第に指は頂に。

乳暈を円を描くようになぞり、じっくりと焦らしながら徐々にそこに到達する。

桃色の乳首は、最初こそ柔らかかったものの、ルートヴィヒの指が刺激を与えるたびに硬さを持つ。

指の腹で撫でつけ、摘ままれ、グリグリと押し潰すように擦られて。

ルートヴィヒの指が虐(いじ)めてきては快楽を与えてくる。

耳とは他にまた気持ちよくなれる場所を見つけられてしまった。

「……あぁぅ……ぁンんっ……いっしょに、は……あぁっ……だ、めです……っ……ひぁンっ」

「どちらも気持ちいいのだろう?」

「……そう、ですけど……ふぁっあぁンっ……あっ……わたしには、刺激が……強すぎて……」

「これで音を上げられては困る。さらに刺激の強いことをするのだからな」

「あぁっ！」

――ほら、こんな風にな。

ルートヴィヒは、リリアーナの胸の頂を摘まみ、キュッと押し潰してきた。

その瞬間、あられもない声を上げよがる。

先ほどよりも強い快楽がリリアーナを苛んだのだ。

まるで、耳からの快楽と胸からの快楽が、呼応しているかのよう。

耳の方に引っ張られて、胸の感度が上がっていっているような気がする。

「声が甘くなってきたな。顔もこんなに蕩けて。……今、自分がどんな淫らな顔をしているか、分かるか？」

「……ひぅっ……ンんっ……やだっ……同時はやめ……っ……あぁっ！」

胸の突起を弄られるのと同時に、ルートヴィヒの低くて艶のある声を耳に吹き込まれると、目の前が真っ白になってしまいそうなほどに気持ちがいい。

耳から直接声で頭の中まで犯されているようでたまらない。

乳首を爪で引っ掻かれても気持ちよくて、扱かれても気持ちいい。

普通だったら痛いはずなのに、痛覚を忘れてしまったかのように、悦楽しか感じなかった。

どうにかなってしまいそう。

ルートヴィヒの声と指だけで、こんなになってしまうなんて。

リリアーナは自分の身体の変化に戸惑いながらも、翻弄され続けた。

そんな中、ルートヴィヒが耳から口を離す。

上体を起こした彼は、両手でそれぞれの胸の頂を愛で始めた。

さらには舌を這わせてきて、ザラザラとした感触が、またリリアーナに違った快楽をもたらす。

胸への愛撫が増えて、リリアーナはいつの間にか腰を揺らしていた。

耳にしたように、豆粒大の胸の飾りも同じように弄ぶ。

舐っては吸い、吸っては口の中で転がして、甘噛みもされ。

彼の思うがままだ。

顔を真っ赤にしながら愛撫を受け入れているリリアーナの顔を、ときおりルートヴィヒがじっくりと見つめている気配がある。

情欲の炎をくゆらせ、リリアーナの痴態をつぶさに見つめる紫の瞳。

視線でも犯されているような気分になり、こちらの情欲も燃え上がる。

指でも舌でも、声でも視線でも。

ルートヴィヒのあらゆるところがリリアーナを犯すのだ。

誰に抱かれているか知らしめるように。

理性が揺さぶられるだけ揺さぶられ、危うくなっている。

はしたないと思いながらも声を止められないのがいい証拠だった。

「ここでも感じるようになってきたな」

乳首の先を親指で擦りながら言う彼を涙目でねめつける。

「……ルートヴィヒ様が触るから。……あ、貴方が触るところは、どこも気持ちよくなって……しまいます……」

少々意見をするつもりで口を開いたのだが、自分が恥ずかしいことを言っていると途中で気が付いて尻すぼみになる。

両手で頬を押さえ、恥ずかしさを押し殺した。

「なら、ここも気持ちよくなれるか？」

そっと彼が手を伸ばしたのは、リリアーナの脚の間。濡れそぼった秘所だった。

湿った下着の上から秘裂を上下になぞる。

「……そこ、は……あぅっ」

「触ってもいないのにこんなに濡れているのなら、心配する必要はなさそうだな」

リリアーナの身体がまた暴かれてしまう。

ルートヴィヒの手によって、ゆっくりと。

甘やかに優しく、慣らすように。

怖いような、期待に震えるような。

どっちともつかない感情に揺れるリリアーナを宥め、そして優しいキスをしてくれるのだ。

今もほら、膝に口づけてくれている。

下着を取り払ったルートヴィヒは、次にリリアーナの左脚を自分の肩に乗せて大きく開いてきた。秘された場所が、彼の目に晒(さら)される。

「……っ」

慌てて脚を閉じようとしたが、押さえ付けられて動かせない。

「暴れるな。痛めたところが酷くなるぞ。そうならないように抱えてやっているだけだ」

そうは言われても、恥ずかしいものは恥ずかしい。

だが、彼がリリアーナを痛めつけないようにしてくれていることだと言うのなら、信じるしかない。

震えながら己の痴態を受け入れた。

ところが、恥ずかしいと思うほどに余裕を持っていられたのも今だけだった。ルートヴィヒの指が秘所を割り開き、中に挿入(はい)ってくるとすぐに思考が奪われる。

「……あ……あぁ……」

自分の内側を弄られる感覚は、思っていた以上にリリアーナを苛む。

彼の指が長くて大きいせいもあるのだろう。指一本受け入れるだけでも大変だった。

「ゆっくりと解してやるから、身体の力を抜け。……俺にすべてを委ねろ」

左の太腿を擦りながらルートヴィヒが優しい声で宥めてくる。

「深呼吸だ」

彼の声に導かれて、リリアーナは大きく息を吸い込み、そして吐く。

何度もそれを繰り返していると、「上手だ」と褒めてくれた。

胸がキュンとする。呼応するように下腹部も切なくなる。

だが、おかげで硬くなっていた身体が少しは解れたのだろう。

先ほどよりは異物感なく受け入れられるようになっていた。

指は膣壁を擦り、押し広げるように進んでいく。

隘路を指一本通れるほどに解すと、次は二本に。

少しでもリリアーナが顔を歪めると、キスで宥めてくれる。

おかげで、奥の方から愛液が零れ出てきて、滑りをよくしていっていた。

ぐちゅぐちゅと濡れた音がリリアーナの耳にまで聞こえてくる。

「……ンぁ……あっ……あぁう……ひぅっ……あぁ……っ」

「馴染んできたようだな。なら、次はここでも気持ちよくなれる場所を探してやる」

耳に胸、そして次は秘所。

リリアーナの性感帯という性感帯を暴き、もっと淫らなものに変えようとルートヴィヒは指の腹でぐりぐりと中を探るような動きをし始めた。

「……あっ……ダメ……またっ……また、気持ちよくしないで……っ」

「残念だが、お前にはとことん気持ちよくなってもらう。俺の虜になってもらわなければならないからな。身体ごと、心も」

だから、とことん身体を快楽で籠絡させるのだと、ルートヴィヒはリリアーナの弱い個所を探し続けた。

勘がいいのか、それともリリアーナが分かりやすいのか。すぐに弱点は見つかってしまい、ここぞとばかりに押し潰すように擦られた。

「……ひぁンっ！　あぁっ……ンぁ……あぁン……ンっんンっ」

指も三本に増えて、いよいよ降参状態になってきた。

愛液がだらだらと漏れ、もう気持ちいいということだけしか考えられない。

リリアーナの身体をルートヴィヒに抱かれるために変えられていると思うと、嬉しくもあり、怖くもあった。

もし、ルートヴィヒと別れたあと、彼に与えられた快楽が忘れられなくなってしまったらどうしよう。

こんなに乱れてしまうまで教え込まれて、昼とも夜とも関わらず思い出してしまうようになったら、とんだ後遺症だ。

だからもう気持ちよくしないほしい。

そう願うのに、さらに肉芽も親指で弄られてしまう。

リリアーナはビクリと背を反らした。

「……ひぁンっ！　……待って、くださ……あぁっ！」

加わった強い刺激がリリアーナを追い詰める。

子宮がキュンキュンと切なく啼いて、快楽の塊が集まってきているのが分かった。

そして、大きく膨れ上がるそれが、何かを突き上げようとしているのだ。

気持ちいいけれども、怖い。

「……る、ルートヴィヒさま……何か、きます……いやっこわい！　どうしましょう……あぁっ……私、どうしたら……っ」

「そのまま受け入れろ。大丈夫だ、怖いものじゃない」

「……手を……握って……握って、いてくださいますか……？」

何かに縋りたい。

身体がどうなるか分からなくて、ひとりでただこれを受け入れるのは怖い。

左脚を押さえ付けている彼の右手に向かって手を伸ばす。

すると、彼も手を伸ばし、指を絡ませ合い握り締めてくれた。

「安心してイけ」

「……ふぅ……うぁ……ンぁ……あっあっあっ……ひっ……あぁっ！」

肉芽をグリっと擦られ、同時に中の一等感じる箇所を指の腹で抉られる。

リリアーナは抗うこともできずに、快楽を弾けさせた。

目の前が明滅し、息をするのも忘れる。

頭の中が真っ白になるほどの絶頂は余韻を残し、リリアーナを愉悦に導く。

肌すべてが敏感になってしまったようで、ルートヴィヒがあやすように手のひらを撫でてきただけでも身体がビクビクと跳ね上がった。

「ほら、ちゃんと息をしろ。ゆっくり……」

上体を倒し、口づけをしてきたルートヴィヒは、リリアーナの呼吸の手助けをしてくれる。

ようやく落ち着いてきて、息も整ってきたが、頭がふわふわして足が地につかないような感覚がした。

「大丈夫か?」

こちらの顔を覗き込み、心配そうな顔で問いかけてくれる彼。頭を撫で、様子を窺うその瞳は、吸い込まれそうなほどに美しい。

コクリと頷いて、高鳴る胸を手で押さえ付けた。

「さて、これからお前の中にコレを挿入れるわけだが」

コレと見せつけられたのは、ルートヴィヒの下腹部。

トラウザーズの前の部分が盛り上がるくらいに熱くなったものだ。

これまで何度も同じ時を繰り返してきたが、いずれもルートヴィヒの婚約者になった途端に、閨教育も施されてきた。

そのたびに同じ話を聞いていたので飽き飽きしていたのだが、いざ実際の男性器を目の前にすると、何度でも聞いておくべきだったと後悔した。

ボタンを外し、中から取り出された屹立は、想像していたものより太くて長くて禍々しい。

男らしいルートヴィヒに似つかわしい雄々しいものではあるのだが、アレが今から自分の中に挿入ってくるとなれば別だ。

「……覚悟はいいか?」

「……よ、よろしくお願い致します……なるべく、お手柔らかに……」

尻込みながらも頷く。少し涙目になっているのは、気のせいだと思いたい。

ビクビクと怯えるリリアーナを見て、ルートヴィヒは笑みながら手を握る。

「受け入れられるように解しただろう？」

「……はい」

「それに、怖くないように手を握っていてやる。それで足りないのであれば、首でも背中でもどこでも抱き着けばいい。俺はお前の側にいる」

――離さないし、離すつもりもない。

そう耳元で囁かれた。

「あの……痛くても構いません。その痛みが自分が女性になったことを実感させるのだと聞きました。だから、私も痛みと共に、ルートヴィヒ様のお情けをいただけたのだと実感したい」

痛みすらも幸せの一部になるのだ。

何と尊いのだろう。

閨の授業のときは何となく聞いていた言葉でも、ルートヴィヒを目の前にすると意味合いが違ってくる。すべてがリリアーナを悦びに導いてくれていた。

「なかなかに心にくることを言ってくれる」

リリアーナの脚を抱え直したルートヴィヒは、屹立の穂先を秘所に当てる。秘裂から滲み出た愛液を馴染ませ、上下に擦り上げてきた。

それがぷっくりと膨らんだ肉芽を擦り、リリアーナは小さく喘ぐ。

「――しっかり見ていろ。胎の中も、この唇も、胸も。余すことなくすべて、骨の髄まで、俺のものにされるところを」

嬉しい。心の底から滲み出る喜びで、胸が震える。

「そして身体で、心で感じろ。お前のすべてが俺のものになったということをな」

閨の睦言（むつごと）でもいい。

今だけは、この人はリリアーナのものだ。

そして、リリアーナはルートヴィヒのもの。

すべてを食らって、その腹の中に収めて。

溶けて一緒になれたら、どれほどいいだろう。

二度と離れることなどないように。

そう願いながら熱を受け入れた。

「……あぁ……ンぁ……うぅ」

熱い屹立が、隘路を突き進んでくる。膣壁を擦り、薄膜を破り、奥へ奥へ。

繋がれた左手は固く結ばれ、約束通り離れることはない。

空いたもう一つの手でルートヴィヒは、破瓜（はか）の痛みを逃すために胸を弄り始める。口も塞がれ、

彼のすべてで愛してくれていた。

「……ふぅ……ンぁ……ひぅ……ンん」

泣いているのは痛いからではない、嬉しいからだ。

多幸感がリリアーナを包み込む。

「快楽に気をやれ」

ほら、こっちだと、ルートヴィヒは乳首をくりくりと指でこねてきた。

言われた通りにすると、徐々に快楽が大きくなり、比例して痛みが引いていく。

膣壁も愛液を吐き、貪欲におねだりし始めた。

「……あンぁ……ぁ……はぁンぁ……あっ……あぁっ」

愛液の滑りを得て、随分とスムーズに動けるようになったらしい。

屹立はどんどんと呑み込まれていき、とうとう根元まで挿入ってしまう。

腹が破れそうなくらいに子宮を突き上げるそれが、ここに収まってしまったのか。

リリアーナは感慨深くなって、自分の下腹部を撫でた。

すると、中の屹立がピクリと震えて大きくなる。

あれ以上大きく？　と目を剥いていると、ルートヴィヒが唸り声を上げる。

こめかみがピクピクと震え、眉間に皺を寄せていた。

「……俺の理性を試しているのか？」

唸るような低い声で問われ、リリアーナは慌てて首を横に振る。

「まったく、こちらは今にも動き出したいのを我慢しているというのに……そんなことをされると、さしもの俺も理性を失ってしまう」

「も、申し訳ございません」

あんなことがそんな作用を生むとは知らず申し訳ないことをしたと謝ると、ルートヴィヒは不敵に微笑んだ。

「構わない。お前が慣れてきたら、我慢した分だけ滅茶苦茶にしてやる」

「め、滅茶苦茶……」

「お前の気持ちいいところをたくさん突いて、中を俺で満たしてやる。――俺がいなければダメだってくらいに、たくさんな」

ルートヴィヒの言葉に息が浅くなる。

胸が詰まって、息が上手くできない。

――そんなことを言ってもらえるなんて、夢みたいだ。

でも、ダメなのだ。

もうとっくに心はルートヴィヒがいなければ生きていけないと涙を流しているけれども、リリアーナに待ち受ける運命がそうはさせてくれない。

一夜だけ。

そのつもりでやってきた。

だから、リリアーナは首を横に振った。

「……ダメです……そんなことしたら……本当に、私、貴方から、離れられ……ンぁっんっ!」

これ以上嬉しいことを言わないで。虜にさせないで。

懇願の目を向けると、ルートヴィヒは目を見開く。

そして、己の腰を動かし始めた。

「離れなければいいだろう！　俺の腕の中にいつまでもいればいい」

小刻みに動いては最奥にグリグリと穂先を押し当て、リリアーナの声が艶めいてくると、大きく動き出す。

「……あぁっ……あっあぁンっ……あっあっ……ひぁンっ！」

竿(さお)で膣壁を擦り上げ、リリアーナの感じるところを執拗(しつよう)に攻めてきた。

すると、堪らず嬌声(きょうせい)を上げて、繋いだ手を強く握る。

刺激を受けて零れ出てきた愛液は止まることを知らず、ルートヴィヒが動くたびにリリアーナの内股を穢(けが)していた。

それどころか、媚(こ)びるように屹立に纏(まと)わりつき、肉襞(ひだ)もきゅうきゅうと締め付けている。まるでリリアーナの本心を代弁するかのように。

離れたくないのだと、暗に訴えるように。

「……ひっ……ンンっ……あっ……あぁっあぅ……うぅンぁ」

「ほら、もっと気持ちよくしてやるから、俺を求めろ」

――お前のすべてで。

欲に滾(たぎ)る瞳で見下ろすルートヴィヒは命じてくる。とことんまで求めろと。

リリアーナにそう命じるということは、ルートヴィヒもまたリリアーナを求めてくれているということだ。

情熱的に、少し獰猛に、力強く。

滅茶苦茶にされて、快楽で訳が分からなくされて、前後不覚になってしまうほどの欲に溺れて。

それでもルートヴィヒの熱い想いだけは、はっきりとリリアーナに刻み付けられる。

子宮の最奥を穿たれ、火照りが止まらない身体をくっつけ合って、繋いだ手を離すこともなく情を交わし合う。

感情のままに、求めたい。

求めて、私を愛してと言えたら。

……愛していると、口にしてしまえたら。

「……あっ……ルート、ヴィヒ、さま……ひンぁっ……わたし、また……達して……」

痛みで一度萎えたとはいえ、絶頂の味を知ってしまっているこの身体は、その先にある快楽を求めて貪欲になっていく。

肌の下が粟立ち、腰が震えて子宮の疼きを全身に伝播していっていた。

「……なら、俺の側にいると言え」

「そ、そんなっ」

「言えたらイかせてやる」

言葉通り動くのを止めてしまったルートヴィヒは焦らし始めた。

小さく動いては、ほら、言えたら思い切り動いてやると訴える。

もう少しで達してしまえそうだったリリアーナは、行き場を失った疼きを持て余す。

彼が動くのに合わせて、腰が勝手に動いてしまう。

だが。

「――言えません」

リリアーナの決意は変わらなかった。

くしゃりと顔を歪めて、ルートヴィヒを見つめる。

すると、彼は眉根を寄せて、堰を切ったように動き出す。

「……言え」

「あぁっ！　……ひぁ……あっ……はげし……ぅあぁンっ」

「……言ってくれ、お願いだ……」

苦しそうに、切ない声でそう懇願する彼は、どこか必死だった。

逃がすまいとリリアーナに縋り、たった一言、それを求めていた。

「……ひぃっ……はっ……あっあっ……あぁっ！」

ルートヴィヒの激しさに翻弄され、リリアーナは高みに昇る。

また頭が真っ白になり、恍惚とした声を上げては、彼にしがみ付いた。

全身が震えるような悦楽に浸っていると、中でルートヴィヒの屹立が再び動き出すのが分かって、リリアーナはぎょっとする。

汗が滴る前髪を掻き上げた彼は、今度はリリアーナの身体をひっくり返しうつ伏せにしてきた。

「言うまで容赦はしないからな」

「……あぅ……ま、待って……待ってくださ……あぁンっ！」
まだ彼は達していないのだろう。
硬さを保ったままのそれで子宮口をぐりぐりと潰すように突いてくる。
絶頂の余韻も冷めないうちから攻められて、リリアーナはまたすぐに達してしまった。
目の前が明滅して、頭が朦朧（もうろう）とする。
脳が快楽物質に侵されて、何も考えられなかった。
「俺の側にいろ」
耳元でそう囁かれて、リリアーナは覚束（おぼつか）ない意識の中、小さく頷く。
すると、ルートヴィヒは何か呟きながら達して、中に白濁の液を注ぎ込んだ。
屹立が脈打ち、何度も何度も胎を穢していく。
後ろからぎゅっと抱き締められて、リリアーナは彼の腕に手をかけた。
もう二度と会えなくても、この恋心は彼の中に置いていく。
そして自分の中には彼からもらったすべてを。
リリアーナは幸せの笑みを浮かべた。

「本気か？　本当に部屋に戻ると？」
「さすがに朝までは一緒にはいられません。起こしに来た使用人の皆様が驚かれてしまうでしょう？」

実家のドゥルイット侯爵家でもそうだったが、使用人の皆が口が堅いとは限らない。中には主人の秘密を「秘密よ」と言いながら流布する人間もいる。

そういう人間のいやらしい部分に貴賤(きせん)はない。

「それに、今日だけのお情けだと言いましたでしょう？　だから、ふたりだけの秘密に。忘れてください」

一夜の過ち、火遊び、気まぐれ。何でもいい。

これは、リリアーナの自己満足でしかないのだから。

「忘れない。それに俺の側にいると約束しただろう」

「あ、あれは無効です！」

情事の際の約束など、約束のうちに入らない。

閨の中の睦言ならば熱に浮かされた甘言だ。

だから、ようやく冷めた熱をぶり返すようなことを言わないでほしい。

「それでは、おやすみなさいませ、ルートヴィヒ様」

「……ちょっと待てっ」

今のうちに逃げてしまおう。

リリアーナは驚いた顔をしているルートヴィヒを尻目に、さっさと部屋を出てしまう。引き留めるルートヴィヒの声が聞こえてくるが、それを断ち切るように扉を閉める。

使用人に見つからないように急いで廊下を渡り、別棟へと向かった。

ようやく、自分の部屋に戻り扉を閉める。

誰にも見つからずに済んだと安堵の息を吐き、少し経ってからまた別の溜息を吐いた。

そして、扉に凭れかかり、ズルズルと身体を床に沈み込ませる。座り込み、自分の頬を両手で包み込んだ。

頬が、濡れていた。

ボロボロと大粒の涙が流れて止まらない。

「……うぅ……っ」

へにょりと眉を落とし、口を震わせ、顔が歪んでいく。嗚咽も漏れ出し、もうどうしようもなかった。

……涙も、苦しいほどのルートヴィヒへの愛も。

幸せだった。

人生の中で最上の幸福を与えられた時間だった。

だからこそ寂しさや苦しさが襲い、尽きることがない愛が、抱かれてしまったことでさらに増してしまった愛が、リリアーナを責める。

(……愛しています、ルートヴィヒ様)

言えなかった言葉を、何度も心の中で吐き捨てる。

(貴方の優しさが私を救って、光となってくれました。忘れません。何度人生を繰り返しても、貴方が与えてくれたものすべてを)

朝が来るまで、床に蹲りながら、何度も。

窓から見える朝焼けを見つめながら涙を拭う。

おもむろに立ち上がり、荷物をまとめると、最後にルートヴィヒ宛ての手紙をしたためた。

『優しさをありがとうございます』

第三章

「オリヴィア、これそこのテーブルね」

「はぁい!」

カウンターに差し出された料理を手に取り、女将(おかみ)に指定された料理を運ぶ。

二名の客に三皿。三皿とも手に持ったリリアーナは、落とすことなくテーブルに並べて、「ごゆっくり」と声をかけては、また客に呼び出されて注文を取りに行く。

もう手慣れたもので、常連であれば顔も覚えるようになっていた。

——ここは、ネリーモンテの小さな食堂。

リリアーナが踏み出した新たな生活の場である。

ルートヴィヒと一夜を過ごしたあと、早朝に別荘を出た。

そこから当初の予定通り辻馬車を乗り継いで、ネリーモンテにやってきたのだ。

屋敷から持ってきた所持金を元手に空き家を借りて、生活用品を徐々に整えていった。

何が必要で、何を揃える必要があるのか。四回目の人生のときに修道院で過ごした日々を思い起こしながら、身の回りを整理していく。

同時に働き口を見つけ、小さな食堂で働かせてもらえるようになった。

リリアーナが働く食堂は、修道院の近くにあり、以前はよく柵の中から店の中に入っていく客を見ては羨ましく思っていた。漂ってくる料理の匂いが食欲をそそるのだ。

いつか修道院の外に出られることがあったら、あの食堂で食べてみたい。

そんなささやかな願いを持っていたことを思い出し、いっそのこと働いてみようかと人を雇っていないかと聞いてみたのがきっかけだった。

修道院時代は一度も働いたことがなく、右も左も分からないまま自分で身の回りのことをしなくてはいけなかった。

食事当番があり、汚れものも自分で洗濯をしなければならず、掃除も自分の部屋はもちろんのこと教会内を隅々まで綺麗にしたものだ。

修道女たちには「お嬢様」と小馬鹿にされ、辛い日々だったが、そのときの経験があったからこそ、今回ひとり暮らしをすることになっても適応できる。

ここでも引き続き「オリヴィア」の偽名を使い、平民としてふるまっている。

赤髪の人間が、よもや貴族令嬢だなんて誰も思いはしない。

貴族令嬢としての生活もよかったが、こんな暮らしもまた悪くない。

そう思い始めてきた今日この頃。

ネリーモンテにやってきて、ひと月が経とうとしていた。

でき上がった料理を客に運ぶのがリリアーナの仕事だ。

何皿も手に持ち、効率よく運んでいく。

そうでなければ、回転率の高いこの店ではやっていけなかった。

運ぶのが遅いと怒られ、別の客の皿を運んでしまったり、ときには料理を落としてしまったり。

失敗はあったものの、今では随分と慣れたものだ。

お客様に顔を覚えてもらえるようになったし、よく話しかけられるようにもなった。

店の女将も可愛(かわい)がってくれるので、楽しく仕事ができている。

貴族社会ではこの髪の毛のおかげで肩身の狭い思いをしていたが、町の人はそこまで気にしないようだ。

もしかすると、父のおかげで思った以上にこの国は開けてきたのかもしれない。

貴族に囲まれていたから気づかなかっただけで、街中はいろんな髪の色の人たちがいた。

こうやって平民に紛れて暮らさなければ気付けなかった変化。

ときおり、家族のことを思い出して胸がチクリと痛むけれど、きっとあの父のことだ、リリアーナがルートヴィヒと結婚できなくとも歩みを止めることなく進んでいくのだろう。

お昼どきをピークに徐々に客足は少なくなっていく。

その間に女将に食事をとるようにと言われ、厨房(ちゅうぼう)の隅でバケットにチーズとベーコンを挟んだものを食べていた。

「悪いね、オリヴィア。また客の数が増えてきたから、お願いできるかい?」

「分かりました」

ようやく一息つけると思ったのも束の間、すぐに呼び戻される。

持っていた最後の一口を口の中に放り込み、エプロンで手を拭くとさっさと立ち上がってホールに向かっていった。

「あそこのテーブル、新規さんだよ」

オーダーを取ってきてほしいと指差されたのは、フードつきのコートを被ったまま座っている男性客だった。フードを目深に被って人相はよく見えない。

客の顔をすべて覚えている女将が「新規」と言うからには、初めてやってくる客なのだろう。

旅の者かそれとも新しく越してきたのか。

どちらにせよ客であることには間違いないので、リリアーナはいつものように笑顔で接客をし始めた。

「いらっしゃいませ。このお店は初めてですか？　店主自慢のラムチョップはいかがですか？　オレンジがのっていて、ローズマリーの風味ともよく合うので人気です」

初めましてのお客様にはお店の看板商品をお薦めするように言われている。

リリアーナもまかないで食べさせてもらうことがあるが、屋敷のシェフが作ってくれたものよりも美味しくて驚いたものだ。

ぜひいろんな人に食べてもらいたい、最初の一口を入れたときの感動したお客の顔をまた見たいとワクワクしていた。

ところが、その客は、注文をするどころかリリアーナの手首を突然握り締めてきた。

「……あ、あの、お客様？」

もしかして、不埒な真似をしようとしているのだろうか。

リリアーナのような若い女性が給仕をしていると、むやみやたら触ってきたり、ときには誘ってくる客がいる。

そういうときは女将を呼ぶようにと言われている。彼女がいつも追い払ってくれるのだ。

ちらりと厨房の方へと視線を向けて、いつでも呼べるようにと身構えた。

だが、再び客に目を戻したとき、女将を呼ぶどころの話ではなくなってしまった。

ひっ！　と小さな悲鳴を思わず上げてしまいそうになるほどに驚き、そしてその場で固まってしまう。

客がフードを取り攫い、下に隠してあった黒髪を晒して素顔を見せたとき、リリアーナの心臓はドクリとうねりを上げた。

「……ルートヴィヒ様？」

もう二度と会わないと思っていたその人が、そこにいたのだ。

一ヶ月前のあの日、何も言わずに、手紙だけを残して別れたリリアーナの愛おしい人が。

「――あのときはよくも何も言わずに逃げてくれたな」

怒っているのか、それとも冷静にやり過ごすために自分を抑えているのか。

ルートヴィヒは聞いたこともないような低い声を出し、リリアーナの手首を強く握り締めてくる。

元々鋭い目もさらに凄みを増し、絶対に逃がさないとでも言っているかのよう。

再びルートヴィヒに会えた喜びと、どうしてここにいるのかという疑問と。

いろんな感情がない交ぜになり、リリアーナは混乱した。

そのため咄嗟に逃げようとしたが、彼の手がそれを阻む。

「落ち着け、仕事中なのだろう？　ならここは逃げずに大人しく注文を取った方がいいのではないか？　ラムチョップだったか、それを頼もう」

冷静にそう諭され口を噤(つぐ)むしかなかった。

ここで下手に騒いでも逃げても、店の迷惑になるだけだ。

それに、ルートヴィヒがこう言うということは、彼もまた余計な騒ぎを起こすつもりはないのだろう。

「……かしこまりました」

ルートヴィヒがここに何をしにきたのか気になるところではあるが、とにかく今は仕事をしなければ。これからさらに客が押し寄せてくる。

——どさくさに紛れて裏からこっそり帰ってしまおうか。

女将に言って、今日は体調がすぐれないから早めに帰らせてもらうのも手だと、密(ひそ)かに画策する。

ところが、そんなリリアーナの考えなどお見通しだとでもいうように、ルートヴィヒは掴んだ手首をグイっと自分の方へ引き寄せ、耳元に唇を近づけてきた。

「今度こそ逃げるなよ。逃げたら……分かるな？」

不穏な言葉に息を呑む。

パッと手を離され解放されたあとも、ルートヴィヒが大人しく食事を済ませたあとも、監視するように席からジッと見つめ続けられているときも、リリアーナは密かに混乱していた。

（……分かるな？　と言われても分かるような分からないような……いいえ、でも、むしろこれは分かってはいけないのかもしれない……あぁ、どうしましょう……）

泰然と長い脚を組み、店の中を動き回るリリアーナを、ルートヴィヒがつぶさに見つめている。

不意に目が合うと本能的に思ってしまうのだ。

――逃げられないかもしれない、と。


「大丈夫かい？　少し働かせすぎたかね？」

そろそろ閉店となった頃合いを見て、リリアーナは女将に体調が思わしくないので今日は先に上がりたいと伝える。

彼女はいたく心配して、精のつくものを食べた方がいいと食材をたくさん持たせてくれた。罪悪感に心が痛む。

明日には必ず治してきますのでと言い、ちらりとホールに目を向ける。

まだルートヴィヒはそこにいて、リリアーナが逃げようとしていることに気付いていない。

今のうちだと、裏口から外に出てさっさと帰ってしまおうと考えた。

逃げるなと言われても無理な話だ。

どんな目的でここにやってきたのか。

もしも、偶然この町に寄って偶然お店に入って偶然リリアーナを見つけたのだとしても、またルートヴィヒと顔を突き合わせるのは辛かった。

今なお、彼を二度と戻らぬ思い出として昇華している真っ最中。

昇華どころか、未練がましくもルートヴィヒを恋しがり、今までの軌跡を頭の中で辿りながら愛を募らせ、夢にまで見るほどなのに。

忘れようとしても忘れさせてくれないのに。

これ以上ルートヴィヒの紫の瞳を見つめたら、本当に離れられなくなってしまいそう。

リリアーナは込み上げてきた感情をどうにか飲み下し、家に向かって歩き続けた。

「逃げるなと言っても無駄なようだな」

だが、ルートヴィヒにはリリアーナがどう行動するかなどお見通しらしい。

後ろから声が聞こえてきたと思ったら、腰に腕が回り抱き留められた。

「え？　えぇ？」

「やはりお前には手綱をつけておかなければならないか？」

呆れ顔のルートヴィヒが腕の中にリリアーナを閉じ込める。逃げ場を失い慌てふためくと、彼はそのまま抱き上げてさらに逃げられなくしてしまった。

「ルートヴィヒ様！」

肩に担ぎあげられたリリアーナは、彼の上で暴れるが、逞しい腕が巻き付いてビクともしない。

　もう夜で辺りは暗いとはいえ、公の場でこんなことをされてしまったら、恥ずかしくて仕方がない。

　早く下ろしてほしいと、リリアーナは懇願した。

「ダメだ。すぐに逃げ出そうとするお前にはこのくらいがちょうどいい」

　今までの行いが祟ったのだろう。

　ルートヴィヒは頑として譲らず、そのまま歩き始める。

「どこに行かれるのですか？」

　まさかこのままどこかへ連れ攫われてしまうのだろうか。

　それは困ると青褪めながら聞くと、彼は「お前の家だ」と答えた。

「私の家をご存じで？」

「もちろんだ。しっかりと下調べは済ませている。俺に修道院に行くと言いながらもそこには入らずに家を借り、食堂で働いていることもな。とんだ嘘を吐かれたものだが、それもすべて把握済みだ」

　だから逃げても無駄なのだとしっかりと釘を刺されたような気がする。

　リリアーナが行きそうな場所もすべて押さえているのかもしれない。

　迷うことなく真っ直ぐにリリアーナの家に辿り着いたルートヴィヒは、中に入っても下ろしてくれない。肩に担いだまま奥へと進んでいく。

　台所以外にはふた部屋しかない小さな家は、身体が大きいルートヴィヒが入ると、途端に手狭に見えた。リリアーナも担がれているせいでいつもより天井が近くに見えて驚く。

「ひとりで暮らしているのか」

ぐるりと見渡し聞いてくる。

「そうです」

素直に答えると、ルートヴィヒがフッと微笑んだような気がした。

「荷物が少なくて何よりだな」

「どういう意味でしょうか？」

「持ち運びが容易いということだ」

持ち運ぶとは？　と首を傾げていると、ルートヴィヒはリリアーナの身体を肩から降ろす。

だが、床には戻してはくれず、そのまま腕に抱き上げたまま向かい合わせになる。

「このままお前を連れ去る」

「え？」

思わず声を張り上げた。

何も話し合わずにこのまま連れ去るとは、何と強引な。

怒っているにしても、さすがにそれは横暴なのではないかとリリアーナは腹を立てながらも、焦りを覚えた。

「待ってください、ルートヴィヒ様。まずは話し合いましょう？　それからどうするかを決めてはどうですか？　一旦冷静になってからの方がいいと思います。今日のところは帰られて……」

「それで明日また姿を消すのか」

ヒヤリと冷たい声では言われて、リリアーナは口を噤んだ。

そういうつもりはなかったが、今までのこちらの言動が彼に疑いを持たせてしまっているのだろう。屋敷から抜け出し、食堂でも逃げ出そうとしていた。

「悪いが、お前をあの別荘に連れて行くまで離すつもりはない。ここでも馬車の中でもずっと俺の腕の中だ」

離したらお前は逃げるだろう？

そうルートヴィヒの目が語り掛けていた。

「……あの晩のことがきっかけでこんなことをなさっているのでしたら、やめてください。お忘れくださいと言ったはずです」

彼の目を見ていられなくて、リリアーナは俯く。

見つめていたら泣いてしまいそうだ。

じくじくと痛む胸が、その痛みを上回るように全身を駆け巡る歓喜が、肌の下で燻る熱が。

すべてが涙を誘う。

彼の想いを断ることしかできない自分が情けなくて、それでも泣けてくるというのに。

「俺も言ったはずだ。覚悟しろと」

ルートヴィヒは迷いひとつない言葉で、リリアーナを捕らえようとするのだ。

「言われましたが、私は了承しておりません」

「その理屈でいけば、俺も同じだな。忘れることを了承した覚えはない」

あの晩、互いの願いを、互いが曖昧な答えを返すことで明言を避けていた。

それが今になって仇になってしまうとは。

「もう逃がすつもりはない。俺の覚悟はこういうことだ。分かったな？」

――どうしてもルートヴィヒとはこうなってしまう運命なのだろうか。

最後は悲劇的な死を遂げる道を着々と歩んでいるというのに。

知っているのはリリアーナだけで、それを絶つべく動かなくてはいけないはずなのに。

それなのに、ルートヴィヒが追いかけてきてくれたことに喜んでいる自分がいる。

運命が自分たちを繋ぎ合わせてくれることに、安堵すら覚えてしまうのだ。

「返事は？」

ルートヴィヒがここまで言うのだ、今ここで何をしてもリリアーナを連れ去ってしまうのだろう。それだけ怒らせたのだから当然だ。

けれども、ここで絆されてしまってはいけないと、リリアーナは懸命に首を横に振る。

あの晩ですべてを終わらせた。

もうこれ以上のことはないのだと、ルートヴィヒにも、そしてリリアーナ自身にも示さなければならない。

「……案外頑固なものだな」

はぁ……と彼が重い溜息を吐くのを聞いて、胸が痛んだ。

だが、次の瞬間にはルートヴィヒは歩き出していて、家の外に出てしまう。

そして、馬車の中にリリアーナを放り込むと、上から覆いかぶさってきた。

座席の背もたれがギシっと音を立てる。

「そんな顔をするくせに俺を拒否する。あの夜を忘れろと酷いことを言うくせに、自分は未練たらしい顔をするなんて、卑怯なものだな」

「そんな顔……！」

していないと言おうとしたが、言葉が尻すぼみになってしまう。

ルートヴィヒの言う通り、言葉では彼を拒んでも、心は求めている。

誰に対しても取り繕えるはずの心が、ルートヴィヒ相手には脆くなってしまうのだ。

それが顔に滲み出ていてもおかしくない。

「きっと、離れていた一ヶ月で俺を忘れようとしたんだろうが、そうはさせない」

手袋を口で外したルートヴィヒは、体勢を入れ替えて、自分が座席に座る代わりにリリアーナを己の膝に乗せてきた。

後ろから抱き締められて、心臓がどくりと跳ねる。

ルートヴィヒの腕と香りに包まれて、自分の中の女の部分が疼くのが分かった、

「すぐにでもあの夜を思い出させてやる」

「だから、忘れてと……ンぁっ」

耳朶を揉まれ、耳輪を撫でられ、強がりな言葉も甘い声にとって代わる。

クリクリと指先で弄ばれては、あの夜に覚えこまされた快楽が蘇ってきた。腰が疼き、背中がピリピリとする。

肌の下で何かが這いずり回り、リリアーナの官能を引きずり出そうとしている。

指先ひとつでこんなになってしまう自分がはしたなくて恥ずかしい。

「……フっ……どうやら身体は忘れていないらしい。しっかりと覚えていたなんて、いい子だな」

いい子、という言葉に、ぶわりと熱が身体の中で滾るのが分かった。

情事の最中にも同じようなことを言われたのを思い出してしまったのだ。

あのときのルートヴィヒの笑みも、「いい子だ」とリリアーナを褒める言葉も、唇の感触もすべて。情を交わし合ったあの瞬間を思い起こさせた。

「そうだ、徐々に思い出していけ。俺がお前の肌に触れた感触も、――ここに、俺を覚えこませたときのことも」

服の上から下腹部を軽く押してくる。

この中に熱いものが挿入っただろう？　と。

「奥まで挿入ったとき、お前は嬉しそうにここを撫でていた。あのとき、悦んでいたはずだ、お前も俺も」

「……覚えてな……っ」

「そうか。ならば、また覚えこまさないとな」

グイっとリリアーナの脚を開き、スカートを捲り上げたルートヴィヒは、下着の中に手を差し入れてきた。

和毛をくすぐり、指先で肉芽を弾く。

びくりと身体を震わせ、ルートヴィヒの攻めから逃れようとしたが、彼は腰に手を回して押さえつけ、弱点である耳に息を吹きかけてきた。

「……ンんっ」

「ダメだ。逃げることは許さない」

低く艶のある声が耳を通り、脳を犯していく。

これをされると、脳が蕩けてしまいそうになるから嫌だ。

脳で感じてしまって、その余波が身体に波及していき高まっていく。そうなると訳が分からなくなってしまって、すべてをルートヴィヒに委ねて好きにしてと言いたくなるのだ。

「……あぁっンん……あぅ……ンぁ……あっ……」

いつの間にか走り出した馬車の中で、ルートヴィヒに秘裂をなぞられ、耳を食まれて。

このまま流されていいはずがない。

それなのに、身体に力が入らず、乱されてしまう。

「乾く暇もなく、俺で満たしてやる」

秘裂に滲み出てきた蜜を指ですくい、塗り込むように媚肉を擦ってきた。

ルートヴィヒの節くれだった指がリリアーナの中に入り込んできては、かき回す。

「ここがお前の気持ちいいところだ」

に撫でてきた。

「思い出してきたか？　ん？」

あの夜探り当てていたリリアーナの一等弱い箇所を、彼は指の腹でぐいぐいと押し上げるように撫でてきた。

ぐちゅぐちゅと卑猥な音を立てるそこに、ルートヴィヒの指が出入りしていくのが見える。

シートに滴るほどに蜜が零れ、彼の手首にかかるまでに溢れ出ているのが分かって、馬車の中であるにもかかわらず、こんなにも感じてしまう自分が恥ずかしかった。

けれども一方でまたルートヴィヒに触ってもらっていることに悦んでいる自分もいて。

無意識に、もっとと媚びるように指を締め付けていた。

「……ひっ……ンんぁ」

胸の奥に秘めていた歓喜が滲み出て、身体を支配していく。

リリアーナ自らが知らしめてくるのだ。

どれほど拒絶してもルートヴィヒが触れるだけで喜ばずにはいられないのだと。

彼が与える刺激に従順になって、どこまでも求めてしまうのだと。

「中が随分とヒクついてきた。分かるか？　俺の指を締め付けて、もっとほしいと強請っている」

分かっている。嫌でも、自覚している。

でも、どうしても最後の強がりは取り払うことができずに、弱々しく首を横に振る。

すると、ルートヴィヒは指を激しく動かして、追い詰めてきた。

「こうと決めたらどれだけ揺さぶっても曲げないところは、相変わらずだな」

「……あぁ……ンはぁ……あぁン」

「あの夜もそうだった。気弱そうに見えて、芯は揺らがない。……お前のそういうところに惚れたんだ、俺は」

リリアーナの耳に唇をつけてさらにルートヴィヒは囁いてきた。

「——愛している」

「……っ……ンんっ！」

「もう二度とお前を離したりしない」

「……あぁう……もう……ひぁっ……やぁ！　イっちゃ……あぁー！」

頭の中が真っ白になり、深い絶頂に目の前が明滅する。

愛を囁かれて、心臓が止まってしまうのではないかと思うくらいの熱くて強くて、切ない言葉で責められて。

搦め取られて。

やはり、食堂で湧き起こった予感は間違いではなかったのだ。

もうルートヴィヒは逃がしてはくれないのだろう。

ふたりに起こるであろう悲劇を知らず、彼は愛のままにリリアーナを求めている。

悲しいのに嬉しい。

嬉しいのに悲しい。

相反する気持ちがぐるぐると混ざっては、リリアーナを混乱に落としていく。

この手を離せなくなったら……またどんな死が待っているのだろう。

分からないし、分かりたくもない。

「……あぁ……はいって……きちゃ……ひぁっンんっ……あぁ!」

腰を持ち上げられ、とろとろに蕩けた膣の中にルートヴィヒの熱く滾った屹立が挿入ってくる。

自分の重みでずぶずぶと容赦なく挿入ってくるそれに、咽喉を反らしながら感じ入った。

身体を上下に揺らされ、いつの間にかはだけられた胸も弄られ、リリアーナはルートヴィヒも手管に啼く。

子宮口を下から突き上げられると、腰が砕けてしまいそうなほどに気持ちよくて、馬車の中だというのに喘ぐのを止められなくて。

あの夜を取り戻すような熱さに浮かされて、リリアーナのすべてが敏感になっていく。

「……ンぁっ……あぁぅ……ンん……ルートヴィヒ様……また、わたし……ふぁっ……あっ」

「あぁ、思う存分、イけ」

グイっと強く腰を押し付けられると、後頭部に手を回されて後ろを振り向かせられる。

「これからもっと忘れたくても忘れられないものにしてやるからな。覚悟しておけ」

会いたくなかったのに、とても会いたかった人。

キスをされながら迎えた絶頂は、酷く甘いものだった。

再び目を覚ますと、別荘にいた。

しかも、客室ではなく、ルートヴィヒの私室のベッドの上で眠っていたのだ。

どうやら気を失っている間に運ばれてしまったらしい。

結局逃げきれなかったかと、天井を見上げながら複雑な気持ちを吐き出すように大きく息を吐いた。

起き上がり部屋を見渡し、あの夜を思い返す。

ルートヴィヒによって扉を閉められたとき、彼に抱き上げられてあのベッドに寝かせられたとき、キスをされたとき、そのときのルートヴィヒの顔を今でも鮮明に覚えていた。

顔だけではない。

声も体温も肌の感触も、この身体を貫く剛直の熱さも。

リリアーナが知り得なかったすべてを身体と、そして心に刻み込まれたのだ。

あの一晩限りの思い出。

そう思って逃げ出したのに、再びここに戻されてしまうとは。

(忘れてくださいと言っても忘れられないのは、結局私も同じね)

自分ができないのに、ルートヴィヒだけにそれを乞うのはあんまりだ。

もうループなんか終わらせてしまいたいのに、ルートヴィヒを拒み切れないのは弱さゆえか、それとも彼が強引なのか。

もう何が正しいのか分からない。

ルートヴィヒから離れたいのに離れられない。

忘れたいのに忘れられない。

――愛が消えてくれない。ふたりの中で。

「起きたのか」

部屋の中に入ってきたルートヴィヒは、ぼんやりと今後のことを考えていたリリアーナに声をかけてきた。

ベッドの縁に腰を下ろし、当然のようにこめかみにキスをしてくる。

「身体はどうだ？　少々強引に連れてきてしまったから疲れただろう。……いろいろと、な」

彼の含みを持たせた言葉に、リリアーナは目元を赤く染めた。

「もう少し休むか？」

そう問われて、リリアーナは迷ったがこくりと頷いた。

このままルートヴィヒと顔を突き合わせているのも気まずい。

こちらは休んでいるので、どうぞしばらくはそっとしていてほしいと言おうとした。

「なら、俺も一緒に寝よう」

ところが、ルートヴィヒもベッドに潜り込んできてしまう。

また、抱かれてしまうのだろうか。

甘い言葉と優しい手つきと、情熱的な愛撫で、トロトロに蕩かされて。今度こそ抜け出せなくなってしまうほどにリリアーナの心を雁字搦めにするのかと思うと躊躇われた。

だが、そんなリリアーナの手を強引に引き寄せ、自分の隣に横たわらせる。

顎の下まで毛布をかけて、抱き締めてきた。

「ただ眠るだけだ。俺も、お前が姿を消してからろくに寝ていないからな。……ようやくゆっくりと眠れそうだ」

「寝ていないのですか？　もしかして、私を捜して？」

「それもあるが……まぁ、いろいろとな。それはまたおいおい話してやる」

そこまでして捜してくれていたのかと心を打たれる。

よくよく彼の目元を見てみれば、薄っすらクマのようなものが見えた。

「……申し訳ございません」

「謝る必要はないだろう。俺がお前を捜したかったから勝手に捜した。お前に忘れろと言われたのにな。これは俺のエゴだ」

だから、これくらいは当然だと彼はこともなげに言う。

「女将さんに何も言わずに出てきてしまいました。心配されているかもしれません。それにご迷惑をおかけして……」

できれば、一言でもいいので挨拶をしてから出ていきたかったが、そんな暇もなく連れ去られてしまった。

「心配しなくてもいい。お前を連れ去る前に、女将にはお前を攫っていくことは伝えてある」

「攫ってって……ますます心配をかけてしまうではないですか……」

「家出をしたお前を捕まえて、どうしてももう一度愛を乞いたいと言ったら納得してくれていたぞ?」

ついでに人手が足りなくなる分の迷惑料も置いてきてくれたらしい。

女将は、「しっかり捕まえるんだよ」と気前よく了承してくれたとルートヴィヒは話す。

「気になるなら、あとで顔を見せに行くといい。もちろん、お前が俺の愛を受け入れてからだが」

それまではずっとこのままだ。

ルートヴィヒは喜びを滲ませた顔で微笑んだ。

「これからここで俺の愛を知っていけ。——お前を愛しているという、俺の心からの気持ち」

馬車の中でも言われたその言葉に、黙りこくる。

昔は「私も愛しています」と返せたのに、今は何も返せない。

ぐるりと身体の向きを変えてルートヴィヒに背を向ける。

泣いてしまいそうだったのだ。

また、「愛している」なんて言ってもらえると思わなくて、感極まってしまった。

その言葉を彼は何度も「リリアーナ」にくれた。

でも、今回は「オリヴィア」に言っている。

「リリアーナ」という婚約者の令嬢ではなく、出会ったばかりの平民の女に。

本来なら彼の身分であれば、そんな勝手は許されないのに。

「愛しているって、そんな気軽に言うものではないですよ」

分かっている。気軽に愛を口にする人ではないということを。

彼は本気でそう言ってくれているのだ。

だからこそ苦しい。

「私と貴方では身分が違う。私に日陰の身でいろと？」

リリアーナだってルートヴィヒの側にいられるのであれば、愛人であってもいいと思えるほどに愛している。

「馬鹿を言うな。お前を愛人などにするつもりはない。ちゃんとした形で一緒にいたい。……夫婦として、生涯」

そう願って、祈って、奮闘して、そして何度破れただろう。

身も世もなく泣いて、地べたを這いずり回り、もがき苦しんで、でも最後にルートヴィヒへの愛を叫ぶ。

そんな人生を四回。

「無理です」

「はっきりと断ってくれるものだな」

そうは言いつつも、彼はきっと気付いてしまっているだろう。

リリアーナの声が酷く震えてしまっていることに。

「俺は諦めない。お前が頷いてくれるまで、――お前と生涯を添い遂げられるまで、何度でも」

肩口に顔を埋められ、お腹(なか)に手を置かれて、苦しいくらいにきつく抱きしめられる。

苦しいはずなのに、心地いい。

辛いはずなのに、嬉しい。

相反する感情に揺れ惑いながら、リリアーナは目を閉じる。

微睡(まどろ)みはなかなか訪れてくれなかった。


湖畔の別荘での生活は、ルートヴィヒ以外には歓迎されないものになるだろう。

オルコックはもちろんのこと、使用人たちも顔に出さずともリリアーナをルートヴィヒを籠絡する悪女と見るかもしれない。

そう覚悟はしていたのだが、オルコックの態度は以前とは違って好意的だった。

リリアーナと名乗っていたときと同じように、丁寧で優しくて。まるで、オリヴィアと名乗っているのを忘れてしまうくらいに。

ルートヴィヒに、オルコックに何か言ってくれたのかと聞いたがとぼけられた。

身に覚えがないと言っていたが、本当は手を回してくれていたのだろう。

リリアーナが暮らしやすいように。

「本気で私が貴方の想いに応えるまで閉じ込めておくつもりですか？」

環境を整えられて、居心地をよくされても困ってしまう。

ルートヴィヒだって、こんな生活を続けることはできないと分かっているだろう。

彼はこの国の第二王子だ。王太子の補佐として働く、この国にはなくてはならない人。

そんな人が、仕事を投げ打ってひとりの女に現(うつつ)を抜かすなどあってはならない。ルートヴィヒの評判にも関わる。

「ああそうだな。ここで一緒にいたら嫌でも俺のことで頭がいっぱいになるだろう？」

だが、彼はそんなこともお構いなしに言うのだ。

リリアーナの心を得るためなら手段を選ばないと。

迷いのない真っ直ぐな言葉は、リリアーナの荒(すさ)んだ胸に痛いくらいに沁(し)みる。

障害は身分差だけではない。

あらゆるものがふたりを阻むのだと、本当のことを言ってしまいたい。

（言ってしまったら、何かが変わるのかしら）

いい方向に向かうのか、それとも頭がおかしくなったと思われてしまうのか。

リリアーナでさえ、最初に時が戻ったときは信じられなかったのだ、話だけ聞いても理解は難しいだろう。証拠を出せと言われても出せないし、私を信じてと言い張るのも荒唐無稽だ。

どう説得していいか分からない。

ルートヴィヒがリリアーナをここに留め置く理由が愛であるがゆえに、強く言えないのだ。

「俺はもう諦めないと決めたからな。早めに降参した方が懸命だぞ？」

「……そんなことを言われても、困ります。このままではここから一生出られなくなってしまいますよ」

「俺はそれでもぜんぜん構わない」

冗談だと思いたいが、残念ながらルートヴィヒの声は真剣そのものだった。

こちらを見つめるその目も同様。

嘘偽りのない本心だと訴えかけてくる。

ルートヴィヒがリリアーナを求めてくれるたびに、愛をくれるたびに、このままでもいいのかもしれないと耳元で囁く愚かな自分がいる。

彼の愛以上にほしいものはないくせに、何を欲張っているの？　と。

実際、別荘での暮らしは穏やかで、幸せで、リリアーナにとって今までにないくらいに優しいものだった。

最初の人生のとき、ルートヴィヒとふたりで過ごした日々を彷彿とさせる、そんな毎日。

ルートヴィヒはときおりオルコックに呼ばれて執務室に籠もってしまったり、出かけたりしているが、でき得る限りリリアーナと過ごそうとしてくれている。

最初こそリリアーナが再び逃げてしまうのではないかと警戒してのことかと思ったが、もうそうではないようだ。

警戒している様子もないし、実際リリアーナもそんな気は失せてしまった。

ただ、純粋にこの人の側にいたい。

互いにそう望んで隣に並んでいるような気がした。

同じ部屋で過ごし、同じベッドで眠る。

身体を重ねることはしない。だが、代わりに心が日に日に重なっていく。

手を繋ぐたびに、目が合うたびに、言葉を交わすたびに、頑(かたく)なだったリリアーナの心が解れて絆(ほだ)されて。

「おいで」

そう誘われれば、たじろぎながらも素直に近づく。

彼が座るソファーの前に佇めば、手を引かれて膝の上に乗せられた。

「まるでお前は猫のようだな。おいでと誘えば近づくくせに、俺のものになれと言えば拒絶する」

「猫だなんて、そんな可愛らしいものでは……」

「可愛らしいよ、お前は。このままずっと俺の膝の上に乗せておきたいくらいに」

キスをされて「愛している」と頭を撫でられる。

いっそのこと、時が戻るのではなく、死んだら猫になってくれればいいのに。

そうしたら、こんなに悩むことはなかった。

ルートヴィヒの愛に素直に応え、心のままに甘えられる。

きっと、彼の言うように一日中側を離れないだろう。膝の上に乗って、彼を独り占めするのだ。

誰にも殺されることなく、邪魔されることなく、至福の時間を過ごす。

もし、六回目の人生を送ることになるのであれば、今度はそうあってほしい。

顎をすくい、顔を近づけてきたルートヴィヒは、リリアーナの唇を食んだ。
二、三回啄(ついば)むようなキスをして、クスリと微笑んでくる。
「……どうしてそこまでして、私を愛してくれるのですか。一夜だけの相手にそこまで」

気持ちは嬉しい。

言葉にできなくともそれは本当だ。

けれども今のリリアーナは「オリヴィア」で、気まぐれに一夜の相手をしただけの女だ。

以前のように、婚約者として心の距離を詰めるような時間もない。

ただ責任を取ろうとしているだけならば、ここまで過剰に愛を囁くことはない。

むしろ、こちらが忘れてほしいと乞うているのにもかかわらず、追いかけてきて囲うほど。

今のリリアーナの何が彼にそこまでさせるのか。

不思議だった。

すると、ルートヴィヒはリリアーナの頬を優しく撫でる。

「俺がお前と情を交わしたから愛していると言っていると思っているのか？　まさか。お前がどんな人間か分かったうえで、この胸にお前への愛が芽生えたのだと自覚している」

「……ルートヴィヒ様から見た私は、どんな人間ですか？」

そこまで言うのであれば、どこに惚れる要素があったのだと尋ねてみた。

自分からこんなことを聞くのは恥ずかしいが気になってしまう。

「大人しそうに見えて、実は大胆なところとか。だが、気丈そうに見えて、本当は脆（もろ）い部分を隠しているだけだったりとか。己の道をどうにか切り開こうと前を向くお前を見ていると、俺もまた励まされる。それと同時に、そんなお前を守ってやりたいとも思う」

慰め方も分からないと言っていた不器用な人は、こんなにも愛を饒舌（じょうぜつ）に語る。

驚くほどにすらすらと。まるでそれが当然だとでも言うかのように。

「気づいているか？　俺を見つめるお前の瞳。寂しそうな、俺を欲しがるようなそんな目をしてこちらを見ている。それに俺も焚きつけられるものがあるということだよ」

「そんな目はしていません」

「お前がそうやって強情を張るたびに、鏡に映して見せてやりたくなるな」

クックツとからかうように笑うその姿を見て、リリアーナはそれだけは勘弁してほしいと首を横に振る。

自分でもどんな顔をしているか想像できない。

「俺は、案外向こう見ずなところも、大義のために自分を役立てたいと願う崇高な心も、優しいところも含めて、愛しているんだよ」

（……あれ？）

ふとあることに気づく。

オリヴィアと名乗ったリリアーナは、そんな大義のために役立てたいだなんてことを言った覚えがない。

以前のリリアーナであればそうだったが、今回は逃げてきたのだ。

彼の口からそんな言葉が出てくること自体、おかしな話。

「たとえ、何度巡り合っても、俺はお前に恋をする。……何度でも、何度でも」

手の甲に恭しく唇を落とされ、一見情熱的な言葉を贈られる。

でも、それは、見方を変えれば違うようにも聞こえてきて。

まさか、と思い口を開きかけたところで、窓の外から馬のいななきが聞こえてきた。

「誰か来たようだな」

この別荘にやってくるということは、彼の知り合いか誰かだろう。

もし、王族の誰かだとしたら、この状況は非常にまずいのではないだろうか。

どうしようとルートヴィヒに視線を投げると、彼はリリアーナを膝から下ろしたあとに窓の外を覗き込んだ。

リリアーナもそれに続き、彼の隣に並び窓の下にいる馬車を見つめる。

「……ターラント侯爵家の紋章だな」

ルートヴィヒの言葉にドクリと心臓が嫌な音を立てた。

ターラント侯爵家。

どうしてターラント家の馬車が王家の別荘に来るのか。

いや、それよりも誰があの馬車に乗っているのか、それが重要だ。

もし、ターラント侯爵自身だったら、ただルートヴィヒに用事があって突然訪ねてきただけなのかもしれない。

だが、降りてきたのが、ターラント侯爵家の息女・ハンナだったら。

確実にルートヴィヒに個人的に会いに来たことになる。

ハンナ・ターラントは、侯爵令嬢であり、社交界の華でもあった。

美しい容姿はもちろんのこと、気品あふれる振る舞いとウィットに富んだ話、皆に見せる気遣いで自他ともに認める社交界の人気者となったハンナ。

だが、そうであるがゆえに、取り巻きの令嬢たちを使って気に入らない人間を貶める、そんな暗い一面を持っていた。

目をつけられれば潰される。

ハンナの危険性を誰しもが認識し、そして目を瞑ってきていた。

リリアーナもまた、できれば関わりあいたくないと思っていたのだが、ハンナは昔からルートヴィヒに好意を抱いていた。

リリアーナとの婚約を発表してからというもの、それは暴走し、過激な手段に出る。

どの人生でも残虐な手を使って、容赦なくリリアーナを心身ともに切り裂いたのだ。

（……お願い、どうか……）

ハンナではありませんように。今度こそ彼女の悪意に呑み込まれたくない。

リリアーナは心の中で必死に祈った。

そんな祈りも虚しく馬車から降りてきたのはハンナだった。

社交界の華と謳われる彼女は、どんな場でもそこにいれば大輪の花のように咲き誇る。

眩いくらいの光を放って。

リリアーナはその光を見て慄き、潰されそうになった。

——また、引き裂かれる。ルートヴィヒと。

ひたり、ひたりと、不気味な足音を立てて別れの予感が近づいてくる。

怖くなって、横に並ぶルートヴィヒの手を掴もうとした。

「お前はここにいて姿を見せるな」

「……え？」

手に触れる前にルートヴィヒは動き、リリアーナの手は空を切る。

「いいか、絶対にターラント侯爵令嬢に見つかるなよ」

怖いくらいに鬼気迫った顔でそう告げてくるルートヴィヒは上着を羽織り、部屋を出ていく。

どうしてハンナに見つからないようにと念を押していったのだろう。

嫌な考えがグルグルと回る。

眩暈が起きてしまいそうなほどに、リリアーナの心は不安に押し潰されそうになっていた。

カーテンの陰に隠れたまま外を窺っていると、ルートヴィヒが外に出てきてハンナに話しかけている姿が見えた。

追い返すのだろうか。彼はどうするのだろう。

その動向に注視していると、ハンナは嬉しそうに飛び上がりながらルートヴィヒの腕に手を回して抱き着いた。

「…………っ」

咄嗟に隠れて、現実から目を逸らす。

ルートヴィヒはハンナの来訪を受け入れ、あまつさえ屋敷の中に招き入れていた。しかも彼女が喜ぶような形で。

（……どうして、ルートヴィヒ様）

ドクドク、ドクドク、鼓動が早鐘を打つ。

息が上手くできなくて、リリアーナは喘ぎながらその場に崩れ落ちた。

第四章

「気を付けなさい。あまり浮かれているとどこで何が起こるか……分からないものよ?」

これは二回目のとき、強盗に襲われる数日前にハンナに耳元で囁かれた言葉だ。

「嫌だわ。そのふしだらさは母親譲り? あまり表に出ない方がいいのではなくて?」

三回目、社交界で皆に指差され「悪女」と罵られたとき。

「安心してね。ルートヴィヒ様は私が幸せにしますから」

四回目は、婚約破棄をしたと聞きつけた彼女は、屋敷にやってきてリリアーナに勝ち誇った顔を見せてきた。

いずれの人生においても、リリアーナの前に立ちはだかり、邪魔をして、そして最後には死へと導いていく。まるで死神のような人。

それがハンナだった。

彼女がリリアーナを殺したというはっきりとした確証はない。

だが、少なくとも二回目の強盗への指示と、三回目の夜会で男達に襲われたのは彼女が裏で糸を引いていたのではないかと思っている。

ルートヴィヒへの執着は人一倍強く、四回目のときは彼女に脅されたこともあって婚約破棄をした。

『私、欲しいものがあったら手段を選ばないの。たとえ、愛している人を傷付けてでも、彼が手に入るのなら厭わないわ』

不気味な笑みを浮かべてリリアーナにそう告げたハンナは、婚約を解消しなければ累はルートヴィヒにまで及ぶと仄めかしてきたのだ。

実際、三回目のときに、ルートヴィヒはリリアーナを救おうとして命を落とした。

だから、これ以上誰も傷つかないようにと彼の側を離れた。

そうすることが、今自分ができる一番のことだと思って。

それなのに、またハンナは現れた。

そこだけはいつも変わらない。

ささやかな幸せでいい。ルートヴィヒにとってどんな存在でもいい。

彼と幸せだと笑っていられるのであれば、何だっていいのだと思い始めた矢先だったのに。

今頃、ルートヴィヒとハンナはどんな話をしているのだろう。

彼はリリアーナを求めてくれている。

だから、その心が簡単に揺れ動いたり、二股をかけるようなことはしないと分かっているが、ハンナが彼に対しどんなカードを切ってくるか分からない。

ましてや、婚約者として内定したはずのリリアーナが行方をくらましている状態。ここぞとばかりに何かを仕掛けてくるだろう。

果たして、リリアーナはそれに対抗できるのだろうか。

今回も彼女の悪意に呑み込まれないだろうか。

ひとりで待たされる時間が長ければ長いほどに不安が重くのしかかってくる。

ずっと窓の外を見つめ、早く外にハンナが出てきてくれないか、帰ってくれないかと祈っていた。

彼女が帰ったのは、リリアーナが待ち疲れて窓に凭れかかりながら目を閉じ始めた頃。

ハンナが来たときには南中にあった太陽が傾き始めていた。

そんなに話し込むことがあったのだろうか、それとも話に花が咲いて止まらなかったのか。

ご機嫌な様子で馬車に乗り込むハンナを見下ろし、唇を噛み締める。

(……もう現実を見なくては)

本来の目的を忘れてしまっていたことに気づく。

ルートヴィヒとの思わぬ邂逅(かいこう)で愚かにも希望を見出してしまい、舞い上がって。

このままでもいいかなんて思い始めていた自分が恥ずかしい。

もともと心が摩耗し、逃げ出すことから始めた五回目の人生だった。

もう死んで時が戻るという悲劇を終わらせることだけを願って動いたのだ。

もとに戻さなくては。

ルートヴィヒとは関わらない、別々の人生を。

また悲劇が起こってしまう前に。彼が傷ついてしまう前に。

ずるずると別荘に居続けたが、都合のいい夢は終わらせなければならない。

「……ルートヴィヒ様」

リリアーナは大きく深呼吸をして、弱い自分に鎧を着せる。

幸せでした、ありがとう。そう微笑んで別れられる時期はとうに過ぎてしまった。

あのままネリーモンテにいたら上手くできただろう別れが、今のリリアーナにできるのか。

不安と焦燥感と悔しさと。

逃げることでしか活路を見出せない自分に吐き気がしそうだった。

「すまない。随分と待たせてしまったな」

「いいえ、お疲れさまでした」

部屋に戻ってきたルートヴィヒを笑顔で出迎える。

長い時間話していたからだろうか、心なしかルートヴィヒの顔が疲れているように見えた。

できることなら駆け寄って、彼を抱き締めたい。

疲れているのであれば癒してあげたいし、ぎゅっと抱き締めて彼のぬくもりを感じたい。

けれども、ぐっと堪えてそこから動かずに、遠くから彼に話しかける。

「ルートヴィヒ様、私、待っている間、先ほどの話について考えておりました。貴方が私を愛してくれているのは分かりましたし、大切にしてくれるのも分かった。嬉しかったです。ありがとうございます」

「礼を言われるようなことではないがな。俺の素直な気持ちを口にしただけだ」

悲しいけれど平気な振りをする。愛おしいのにそうではない顔を見せる。

そうやって、リリアーナはルートヴィヒを傷付けようとしていた。

「……ですが、私は貴方に同じものを返せません。貴方は私を幸せにしようとしてくれるけれど、私は貴方を幸せにしてあげられない」

「どういう意味だ」

ルートヴィヒの声が低くなる。

こちらが何を言わんとしているのか気付いたのだろう。眉間に皺が寄り、怪訝な顔をこちらに向けてきた。

「そのままの意味です。もうこんなことは終わりにしなくては。現実を見て、それぞれの身分に合った生活に戻って……」

「戻ってどうする。また同じことを繰り返すのか」

「愛だけでどうにもならないこともあることを、ルートヴィヒ様もご存じでしょう？」

ままならないことなど、この世にありふれていて。

愛がすべてを解決してくれるなんて幻想だ。

すべてがまやかしで、夢で、憧憬で、——希望でしかなくて。

現実を知るたびに打ちのめされる。

だから、胸が掻き毟られるほどの痛みに襲われても、心臓が引き千切られそうになっても、それでも。

告げるのだ、本当の別れを。ルートヴィヒに。

違う未来がルートヴィヒを幸せにしてくれるのであれば、耐えられる。

「私ではダメなんです。貴方を幸せにできない。――私ではなく、他の……他の、人……」

耐えられる。そう思っていたことこそ、幻想だったのかもしれない。

――他の人と幸せになって。

ルートヴィヒの顔を見てしまったら、その一言もまともに口にできない。

彼の瞳を見てしまったら、もう無理だった。

そうだ。だから、あのときも手紙で別れを告げたというのに。

どれほど強がっても、リリアーナは弱いのに。

鎧を被ったはずの心が暴れる。

痛い、痛いと泣いて、叫んで、リリアーナの理性など簡単に打ち破って外に躍り出てきた。

涙となり、嗚咽となり、言葉を成そうとしている。

「……ごめんなさい、私……私……」

それでもどこか踏み切れない弱虫な自分がいて、言葉が詰まってしまった。

「謝るな。俺もその先の言葉を聞きたくない」

泣き崩れるリリアーナの身体をルートヴィヒが抱き留める。

彼の腕の中で涙をとうとうと流し、縋り付いた。

「……でも言わなくては……ふたりのために、言わなくては……いけないのに……」

「どうして言う必要がある。一緒にいたい、お前と」

「いられないのです。いたら、ふたりとも幸せになれない。何度繰り返そうとも、私たちは……」

――引き裂かれる。

悲痛な叫びと共にその言葉を呑み込んだ。

代わりに静かに涙を流し続けた。

「……こっちを向いてくれ」

絶望の淵に立つリリアーナに、ルートヴィヒは優しい声をかける。

何度も、こちらをと。無理矢理向かせるのではなく、リリアーナ自らが自分を見るようにと辛抱強く、でも優しく。

涙でぐちゃぐちゃになった目をルートヴィヒに向ける。

彼は目が合った瞬間、目元を和らげて小さく微笑んだ。

額を合わせ、そっと目を閉じると、ゆっくりと唇を動かした。

「――リリアーナ」

ずっと隠していた本当の名前を口にして。

「……え？」

どうしてその名前を？

目を見開き、息を呑む。

「リリアーナ、お願いだ、リリアーナ……俺の側から離れるな」

「な、何をおっしゃって……！　私は、オリヴィアだと……」

「もういいんだ、リリアーナ。もう嘘を吐くことも恐れることもない。……俺のリリアーナ」

（……どうして）

オリヴィアがリリアーナだと知っているのだろう。

嘘を吐いてまで身元を偽ったことを、どうしてルートヴィヒが知っているのか。

「私がリリアーナだと……貴方の婚約者だと、いつから気付かれていたのですか」

「最初からだ。最初から知っていた」

また明かされた衝撃の真実に、混乱を極める。

なら、何故こちらの話に合わせてオリヴィアとして扱ったのか。

「どういうことですか！　私、貴方にリリアーナとして会ったことは……」

今回のループではなかったはず。

ずっと屋敷に引き籠もっていたし、顔合わせもすっぽかしたのだから知りようがないのに。

「ああ、ないな。……今回は」

「今回、は？」

含みを持たせた言葉に、目を見開いた。

「今回はお前が体調を崩したと言って、顔合わせに来なかったからな。でも、俺たちは何度も出会った。何度も何度も人生を繰り返し、出会って愛し合ったはずだ」

「……それって」

「お前も、それを覚えている……そうだろう？　リリアーナ」

覚えている。忘れられるはずがない。

「あそこの湖で、俺の愛に応えてくれたこと、忘れられるはずがない」

ループをして、すべての記憶があるリリアーナはもちろん覚えているが、ルートヴィヒは覚えているはずがない。

それなのに湖でのことを知っているということは……。

「……ルートヴィヒ様も……貴方も、私と同じように……人生を何度も……」

「巡っているか？　あぁ、そうだな、これで五回目だ」

ルートヴィヒの言葉にスッと涙が止まる。

肌が粟立ち、背中が震え、言葉を失ってしまった。

五回目。彼は五回目と言っただろうか。

人生を巡って、五回目。

それは、リリアーナと同じときをすべて過ごしてきたことを意味しているのではないだろうか。

「……私と、同じ？」

ようやく出せた声は酷く掠（かす）れていて、震えていて。

一度引っ込んだはずの涙が、再び涙腺を突く。

ひとりで巡っていた長い旅を、まさかルートヴィヒも人知れず回っていたなんて。

「そのようだな。先ほどのお前の言葉で俺も確信を得た。お前もまた、人生を何度も繰り返していると」

リリアーナの、どうしてもふたりでは幸せにはなれないという言葉は、身分を偽っているが故の言葉かと思ったが違うと気づいた。

そして、分かってしまったのだ。

リリアーナもまた、自分と同じく繰り返される運命に抗っているのだと。

だから、ルートヴィヒもまた、一度はリリアーナを手放した方がふたりのためになると考えたことがあるからだと話してくれた。

「お前が強盗に殺されたと聞いたときも、男どもに追いかけ回されたときも、修道院で亡くなったと聞いたときも、いつもお前を守れずに絶望し、そして人生が巻き戻った」

リリアーナの死を知った瞬間、目の前が真っ黒に染まり、気が付けばリリアーナと婚約する前に舞い戻るのだと。

「私も婚約する直前に。いつも、死んで目を覚ますと、同じ時に戻っているのです」

「きっと、俺はお前を追うように時が戻っているのだろうな」

ルートヴィヒにとってはリリアーナの死が引き金になっているようだ。

「ずっと何故私にこんなことが起こるのか考えておりました。いろいろ試してみて、もしかしてルートヴィヒ様と婚約したことが引き金になっているのではないのかと……」

自分の推理を口にすると、彼は納得したように頷いた。

「俺もその可能性を考えた。……と、言うより、リリアーナが俺の婚約者になってしまうことですべての不幸を招いているのだと。お前の死は、俺のせいではないかと」

「そんなことは……」

ないとは言い切れない。

先ほどまでルートヴィヒとは幸せになれないと言ったばかりなのだから。

「お前を守り切れず、死にゆく姿を見るのはもう耐えられない。……一度目にしただけでもあれほどまで絶望したんだ。それをまた何度も」

そうか。彼はリリアーナ以上に死を目の当たりにしてきている。

一度目など、もう少しで手が届くという距離で処刑された姿を見ていた。

愛する人の死が、どれほど辛いものかリリアーナも知っている。

三回目のとき、自分の死よりルートヴィヒが死んでしまったことに絶望したことを覚えている。

彼の言わんとすることが痛いほど分かって、辛くなった。

「だから、今度はお前に関わることなく生をまっとうしようと。お前が生きてくれているのであれば、お前を救えるのであれば、ひとりで生きるのも厭わない。そう思っていた」

「私も、死んで時が戻るのを断ち切れるのであればと……。もう貴方に会えなくても、それでも繰り返すくらいなら……」

愛を打ち捨てよう。

互いに同じことを思っていたのだ。

「だが、結局俺は諦めるつもりもなかったのかもしれない」

「どういうことですか？」

「あの日、お前を見つけたのは偶然だと思っているだろうが、実際は違う」

偶然だとてっきり思っていた。

それこそ運命に導かれたのだと。

「追いかけたんだ。お前が屋敷を飛び出たことを知って。……実は顔合わせに来ないと聞いたときから、ずっと見張らせていた」

「え！」

「婚約者として名前が挙がったときも、拒もうと思えば拒めたのにそうできなかった。何だかんだいいながらも、リリアーナともう一度幸せな未来が見られるのではないかという希望を、どうしても捨てきれなかったんだ」

そして、病気を理由に顔合わせに来ないと聞いたとき、今度は病でリリアーナを失ってしまうのかと怖くなった。

関わらない方がいいのだと自分に言い聞かせても、できることはしておきたいという欲が抑えきれなかったのだと。

「そうしたら、お前が屋敷をひとりで抜け出したという報告を聞いて、すぐに馬に飛び乗った。見失ったらどうしようかと焦ったよ」

見張りの話で辻馬車に乗ったところまでは分かったので、そのあとを追っていったらしい。

だが、それこそ運命のいたずらか、リリアーナを乗せた辻馬車は途中で動けなくなり、さらに雨が降ったことで足止めを食らっていた。

「見つけることができてよかったと、心の底から安心した。だが、放っておけばお前が俺の手の届かないところに行く可能性があることにも気づいたんだ。もし、あのまま出奔を知らずにいたら、お前は他の誰かと、俺以外の男と幸せに暮らすのか、と」

諦めるというのはそういうことだろう？

彼は苦しそうな顔でそう呟く。

それこそ、リリアーナが、先ほどルートヴィヒが他の誰かと幸せになる未来を想像して泣いてしまったときと同じくらいに、彼もまた慟哭（どうこく）したのだ。

何が一番いいのか、合理的に考えるべきだ。

それは互いに分かっていた。

愛する人を真に思うのであれば、愛の成就を打ち捨てるのもまた道であり、そうすべきなのだと。

だが、頭で分かっていても心では理解できない。

理性は働いていても、それを超える情動が、愛が、慟哭が突き動かす。

どうしようもないくらいに。愚かなほどに。

「私たち、どうしても離れられないのですね」

「ああ。どんな困難が待ち受けようと、運命が許してくれなくとも。俺たちは必ず惹かれ合う」

「愛し合う」

「そうだ。こればかりはもう……どうしようもない」

自然と笑みが零れた。

ルートヴィヒの言う通り、一度根付いてしまった愛だけはどうしようもない。

「先ほど、お前は自分ひとりではもうどうしようもないと言ったな。俺もそうだ。俺たちが違う方向を向いて戦っていたら、途中で挫けてしまうこともある」

額に口づけが降ってくる。

ここにいる。ひとりではないと伝えるように。

「だが、ふたりなら立ち向かえる。悲劇に終わってばかりの俺たちの運命を、変えることができるはずだ」

ひとりで無理なら、ふたりで。

今度こそ幸せになるために。

「ともに幸せな未来を創っていこうと言った約束を覚えているか?」

「もちろんです。湖の上で、一緒に」

「一度はそれを違(たが)えようとしてしまったが、もう一度約束したい」

ルートヴィヒとふたりなら、どこまでも強くあれるのだ。

「生きよう、ともに。俺と何度でも。たとえまた時が戻っても、俺が常に側にいる」

頬を指の背で撫でられ、ルートヴィヒの愛を感じて。

リリアーナは顔を綻ばせては、彼の手に頬擦(ほおず)りする。

「……はいっ。今度こそ、ふたりで幸せになりましょう、ルートヴィヒ様」

微笑むリリアーナを眩しそうに見つめるルートヴィヒは、ゆっくりと顔を近づけてきた。斜めに傾かせ、伏し目がちになる彼を見つめながら、こちらもそっと目を閉じる。

「リリアーナ」

キスをする直前、名前を呼ばれてこの身体は一気に熱を持つ。

今の艶のある声は、情事のときのものだ。リリアーナを誘うかのような、こちらの官能を高めるようなそんな声色で彼は囁く。

この声に弱い。自分でも自覚していた。

だが、ルートヴィヒにもお見通しで、彼はチュッと軽くキスをしたあとすぐにリリアーナの耳元に唇を寄せてきた。

「今すぐにでもお前を抱きたい」

ゾクリと背中に痺れが走る。

下腹部がキュンと切なくなり、声だけで秘所に蜜が垂れてきたのが分かった。

さらに、ルートヴィヒは意識させるように、子宮があるあたりに手を這わせ、軽く押してくる。

今まさに切なくなっているそこを。

「改めてここに俺の愛を刻み付けたい。愛し合っている証拠を。何度人生を繰り返しても、これから未来永劫、お前は俺だけのものだとしっかりと教え込むために」

そんなことをしなくても、もうリリアーナはルートヴィヒのものだ。

もうどこにも行かないし、行こうとも思わない。

でも、一方で期待して胸を高鳴らせている自分もいる。

どれほど甘く情熱的に、そして淫らにリリアーナを求めてくれるのか、奪い去ってくれるのかを感じてみたいと。

改めて、ルートヴィヒの愛を肌で感じたいと切望していた。

「教えて、ルートヴィヒ様。……これから私がいくら絶望しようとも、自分を見失いそうになったとしても、希望を捨てずにいられるように」

何度だって刻み付けてほしい。

お願いをするようにルートヴィヒの首に手を回すと、彼は嬉しそうに口端を上げてリリアーナを抱き上げた。

あの夜のように、ベッドに運んでくれ、ゆっくりと横たえられた。

ただ、前回と違うのは、ふたりの間には交わし合う愛が明確にあるということ。

秘めたものではなく、また一方通行でも、終わりを前提としたものでもない。

これから積み上げる愛を確かめ合う。

ふたりの間には朽ちることのない想いがあるのだということを。

「リリアーナ」

ルートヴィヒが上に覆いかぶさり、顔を近づけてくる。

「お前からキスをしてくれないか。俺を欲する顔が見たい」

「……顔って……恥ずかしいです」

そんな羞恥心を煽られるような言い方をされてしまったら、顔が真っ赤に染め上がり、それこそ隠したくなってしまう。

だが、散々逃げたリリアーナの愛を感じたくて彼は言っているのだろう。もしくは、意地悪をしているのか。ルートヴィヒは閨になると少々意地悪になる。

恥ずかしさは込み上げるものの、リリアーナだって本当はルートヴィヒが恋しかったことを示したい。むしろそうすべきなのだろう。

溢れんばかりに湧き上がってくる愛の前に、一時の羞恥など些末なこと。

リリアーナはそっとルートヴィヒの頬に手を添えた。

その瞬間、彼の目元が和らぐのが分かった。

「……目を、閉じてください」

「顔が見たいと言っているのに？」

「意地悪をしないでください……っ」

困ったように眉尻を下げると、彼は「分かった」と微笑みながら目を閉じた。

無防備になったルートヴィヒの顔にしばし見蕩れてしまう。

もっと夢中になっていく。

もっとそんな顔を見せてほしい。

もっともっと、リリアーナにだけ見せて、虜にして。

離れないで、離さないで。

何があっても側にいる、側にいて。

今胸の中で大きくなっていく想いを込めて、リリアーナはルートヴィヒにキスをした。

厚い唇から伝わってくる熱が、感触が、再び彼を感じさせてくれる。

もう逃げなくていい、ルートヴィヒの腕の中にいてもいいのだと教えてくれるのだ。

「……っ」

感極まってしまったのか、涙が零れてきた。

こんな幸せな瞬間を再び掴めたことが信じられなくて、いろんな想いがリリアーナの感情をぐちゃぐちゃにしてしまった。

だが、ぐちゃぐちゃにされたのはリリアーナだけではなかったらしい。

ルートヴィヒも零れ落ちた涙に気付いたとき、息を詰め、そして自分から噛み付くようなキスをしてきた。

「……ンっ」

リリアーナの方からしてほしいと強請られたはずなのに、いつの間にかルートヴィヒが食らいついている。激しくも性急なキスに翻弄されながら、彼の背中に縋りついた。

「……ルートヴィヒ様」

口を離された合間に名前を呼ぶと、紫の瞳に欲が滾る。

「好き……大好きです、ルートヴィヒ様」

うわ言のように何度も何度も今まで言えなかった気持ちを伝えると、そのたびに彼の余裕がなくなっていくのが分かった。

「お前にそんな声で名前を呼ばれると堪らなくなるな」

舌なめずりをしながら自身の上着を脱ぐと、次にリリアーナのドレスに手をかける。

別荘に連れてこられてからコルセットを身につけなければ着られないドレスばかり用意されてきたので、ひとつひとつ紐解(ひもと)いていかなければならなかった。

ルートヴィヒは、それに焦れたような顔を見せながらも優しく丁寧に、ときおりリリアーナにキスをしながら脱がせてくれる。

すべてを取り払われ、生まれたままの姿を見せる。

一度経験したことだが、やはり恥ずかしさが拭い去れない。

しかも、今回はまだ外が明るい。

前よりさらに鮮やかに身体のラインや肌などが見えてしまっているだろう。

恥じ入る顔を見られたくなくて、近くにあった枕を手繰り寄せて顔を埋めた。

「既に見せ合った仲だろう？　まだそんな初々しい反応をするのか？」

「何度見せても慣れません……」

むしろ慣れる日がくるのだろうか。

愛する人にすべてを知ってほしいと思う気持ちはあるものの、それとこれとはまた別のような気がする。

「そうやって初心な顔も好きだが、俺としてはお前の気持ちよさに蕩ける顔が見たい」

戸惑っていると、ルートヴィヒは脇腹をスッと撫でてきた。

肌の下にソワソワと痺れが流れ込み、彼の手の熱さに煽られる。

「俺の歯止めが利かなくなるほどに可愛らしい顔を、もっと見せてくれ」

撫でる手は鼠径部（そけいぶ）に及び、内腿（うちもも）に。

リリアーナの口から甘い吐息が漏れ、ふるりと背中を震わせる。

「もう俺の愛を拒む理由はないはずだ。だから、素直に俺を求めて、愛してくれ、リリアーナ」

きっと身体も心も気持ちよくなれるはずだと、ルートヴィヒの指が秘裂をなぞってきた。

すでに蜜が滲み出ていたそこは、くちゅりと卑猥な音を奏でる。

指先に馴染ませるように撫でつけ、ゆっくりと割り開いた。

すると、ルートヴィヒの身体が下がり、リリアーナの脚の間に顔を埋めていく。

吐息がかかるくらいの距離に顔を寄せられて、思わず身体を固くした。

「ルートヴィヒ様……何を……」

「お前が気持ちよくなれることだ」

そう言うと、彼はそこを舐（な）めてきた。舌で秘裂をなぞり、蜜を啜（すす）っていく。

「ひぁっ！　な、なに……ンぁっ……あっあっ……そんな……っ」

指を入れられるのも驚き怯んでいたというのに、さらには舐められるなんて。

ザラザラとした舌が膣の中を弄り、中を広げていく。

媚肉を舐り、閉じたそこをひらくように、じっくりと。

「……あっ……うぅぁ……あぁっ……ンぁ……あぁっ！」

舌先を奥へ奥へと潜り込ませ、膣壁を擦り上げられた。

肉厚なそれが自分の身体を穿つ感覚は、指とはまた違う。

柔らかな刺激が快楽へと誘うのだ。

唾液と蜜が混じり合い、シーツに滴り落ちる。

肉芽も舌先で突かれ、指で包皮を剥かれると、ちゅう……と吸い付かれた。

「やぁ……あぁンっ！」

腰がビクビクと跳ね上がり、背中がしなる。

頭が痺れるくらいに強い刺激がリリアーナを貫き、あられもない声を上げさせた。

ちゅうちゅうとそこを吸い続けるルートヴィヒは、膣の中に指を挿し入れてさらに中を広げていく。しまいには膣壁をグリグリと擦られていた。

肉芽への刺激と、中の刺激と。二カ所同時の愛撫に踊らされ喘ぎ続けるリリアーナは、きっと彼が言ったような、気持ちよさに蕩ける顔をしているのだろう。

身体をよがらせていた間に枕が手から離れてしまったせいで、顔が露わになってしまっている。

ルートヴィヒが、ときおり確かめるようにこちらを見て、恍惚とした目で見つめていた。

頬を紅潮させ、興奮しているのが分かる。

リリアーナの痴態を見ては、舌の動きを激しくしていく。もっと見せろと言わんばかりに。

彼の奔流のような愛撫に抗うすべもなく、リリアーナの身体は官能を高めていっていた。

子宮が切なく啼き、快楽を溜めていく。突き上げるような感覚が襲ってきて、もう達してしまいそうだとひときわ媚びるような声で啼いた。

「もう達してしまいそうなのか？」

リリアーナの中の動きを見てなのか、それとも切羽詰まった顔を見てなのか。ルートヴィヒが聞いてくる。

素直に頷くと、彼は何故か口を離し指も抜き去ってしまった。

抜けていく指の感覚でさえも気持ちよくて腰が震えてしまうくらいになっているのに、どうして焦らしてしまうのか。

寸止めは辛いと戸惑いの目を向けると、ルートヴィヒははぁ……と熱い息を吐いた。

「そんな顔をするな。ちゃんとイかせてやる。……ただし、指ではなく俺でだ」

そう言いながら、自分のトラウザーズのボタンを外し、中から血管が浮き出るほどに滾った屹立を取り出した。鈴口が震えて、先走りが滲んでいるのが分かる。

あの逞しくて熱くて、リリアーナを悦ばせてくれたそれが、これから自分の中に挿入ってくると思うと、自ずと心拍数が上がっていった。

太腿を持ち上げられ、屹立の穂先が秘裂にあてがわれる。
二、三回、具合を確かめるように擦られると、ゆっくりと中に挿入してきた。

「……ふぅ……んんっ」

リリアーナの中がルートヴィヒで満たされていく。

彼の熱さで中から溶かされていっているみたいだ。

ルートヴィヒの熱杭を受け入れるのは大変で、どこまでも身体の奥が犯されていく感覚が続いていく。もうこれ以上は無理だと思っても、まだ先があるようだった。

子宮が押し上げられているようで苦しさで喘いでいると、一気に最後まで押し入れられる。

「あぅっ！　……あっ……ダメ、あぁ……きちゃう……あぁっ……あぁー！」

屹立で最奥を抉られ、焦らしに焦らされていたリリアーナは達してしまった。衝撃と大きな快楽に襲われたと思ったら、絶頂の波が一気に押し寄せてきたのだ。

シーツを握り締めながら余韻に身体をくねらせていると、ルートヴィヒが薄く開いた口を塞いできた。

「……ンふぅ……んンっ……ぅン」

貪られる。そんな表現が似合うほどに激しい口づけは、リリアーナの吐息すらも吸い取ろうとしているかのよう。

口内を舌が蠢（うごめ）き、気持ちいいところを擦っていく。

その間もルートヴィヒは屹立でもリリアーナを攻め、絶頂の余韻も引かぬうちに新たな快楽を容赦なく与えられていた。

「……ンぁっ……こんなの……こわれちゃ……あぁンっ！」

部屋の中にパン、パンと肌がぶつかる音が聞こえてしまうほどに腰を打ち付けられ、最奥を抉られる。

そのたびに、小さな絶頂を味わいながら、その先にさらなるものが待ち構えているのを感じていた。

彼がもたらしてくれる快楽に従順になっているこの身体は、もっとほしいと媚びている。肉襞が蠢動（しゅんどう）しては蜜を垂らし、媚肉を震わせてきゅうきゅうと屹立を締め付けて。まるでおねだりをしているようだ。

だが、そんな自分にはしたなさを感じる余裕もないくらいに、リリアーナはルートヴィヒに夢中になっていた。

背中に手を回して縋り付き、余すことなく感じていたいと願う。

何ひとつ取りこぼすことなく、すべて自分の中に。

「……はぁっ……くっ……リリアーナ……っ」

ルートヴィヒが艶めいた声を出し、眉根を寄せている。余裕をなくしたその顔が、凄艶で胸がきゅんとしてしまう。

それに呼応するかのように子宮も切なくなり、突き上げるような感覚が強くなっていった。

「……あぁぅ……はぁンんっ……あっ……ルートヴィヒ様……わたし……もう……っ」

「……ああ……一緒に……」

掠れた声で頷く彼は、リリアーナの身体を掻（か）き抱（いだ）き、激しく動いてきた。

最奥をコツコツと何度も突いては追い詰めていく。

「……ふぁっ……あぁンっ！　あっ……あぁ！　あぁー！」

快楽の大きな波に襲われて、リリアーナは腰をガクガクと震わせながら達した。

言葉の通り、ルートヴィヒも吐精し、胎を穢していく。びゅくびゅくと何度も精を吐いては、余すことなくリリアーナに注ぎ込んだ。

ルートヴィヒが言った通り、心も身体も満たされて、今までとは比べ物にならないほどに気持ちがいい。

彼と愛を交わしている。

そう強く実感できる。果てのない悦びが、リリアーナをまた中から突き上げていくようだった。

「……はぁ……あぁ……あっあっ……あぁう……」

何もしていないのに、愛し合っていると感じただけで再び軽く達してしまい、吐き終えた屹立を締め上げた。

「まだ足りないのか？」

意地悪く聞いてくるルートヴィヒに、素直にそうだと頷いた。

「……もっと、ください、ルートヴィヒ様を……貴方が、ほしいです」

（……二度と離れたくない）

今ほど強く思ったことはない。

ルートヴィヒが幸せになれるなら自分などいらない。

自分が不幸にするのであれば、消えた方がいい。

そう思い込んでいたが、本当は違うのだろう。

もっと模索すべきだったのだ、ふたりで幸せになれる方法を。

何もかもを打ち明けて、信じてもらえなくてもそれでもいいと思えるくらいの強さがリリアーナにあったのなら、もっと早く変わっていたのかもしれない。

ループを経て、自分は強(したた)かになったと思っていた。

気が強い方ではない自分が、屋敷を飛び出してひとりで生きるなんてとんでもないことを決意できるほどになったのだと、ようやく発揮できた大胆さに舞い上がっていた。

でも、本当はそんなものは破れかぶれの勇気で。

強くなれたと思っていても、結局は逃げることしかできなかった。

でも、ルートヴィヒが側にいてくれる。

ひとりで苦しまなくてもいいと言ってくれる。

ふたりで立ち向かえばいいのだと、彼は力強くリリアーナを抱き締める。

――愚かなリリアーナを大きな懐で包み込んで勇気づけてくれるのだ。

こちらを見下ろす紫色の瞳を見つめながら、安堵の息を吐く。

もう一度、ルートヴィヒの首に手を回し、自分からキスをしてみせた。

驚いたように瞬く顔を見て頬を綻ばせると、彼もまたキスをしてくれる。

ふたりだけの時間は、夜が更けても朝がやってきても続いた。

◇◇◇

「もうしばらく寝かせておいてやれ」

「かしこまりました」

部屋を出て、近くに控えていた使用人にそう伝えると、ルートヴィヒは執務に使っている部屋へと赴いた。

昨日から睦み合ったリリアーナは疲れて眠ってしまっている。

それもそうだろう。年甲斐もなく理性もなく、ルートヴィヒががっついてしまったのだから。

だが、彼女がこの腕の中にいるのだという実感を持ち続けていたかった。

今度こそ、いつも自分の手から零れ落ちていくリリアーナを掴むことができたのだと。

(……ようやく、これで)

自分の手を見つめながら、先ほどまで貪っていたぬくもりを思い出す。

幾度もリリアーナの死を目にしてきた。

目の前で処刑される姿も、むごたらしく殺された姿も。

そのたびに次こそは救ってみせる、次こそは……と何度思ったか分からない。

一度目に時が戻って最初にしたことは、リリアーナの父親が陥れられるのを未然に防ぐことだった。

仕込まれた証拠を公になる前に握り潰し、犯人を見つけ出す。

処刑される未来を変えられたと思ったのも束の間、リリアーナは強盗に殺されてしまった。

三回目、彼女を救いきれずに自分の命も落とした。

四回目、婚約破棄を言い渡し冷たい視線でこちらを見るリリアーナを目の前にして、もうどうしていいか分からなかった。

何が正解で、何が間違いか。

もし、自分が苦しめているのであれば、そのせいで毎回リリアーナが死んでいるのであれば、もう解放してやった方がいい。

必死に掴んでいるのはエゴなのだと。

偽造されたリリアーナの父親の不正の証拠を握り潰しても、強盗に襲われないように密かに護衛をつけていても、社交界で悪い噂が流れないようにと彼女との距離を取っても。

結局リリアーナは逝ってしまう。

五回目の生に舞い戻ったときに、ルートヴィヒは遠い地でまた彼女が死んでしまったのだと悟り、絶望したのだ。

もうリリアーナを喪(うしな)いたくない。

手元においても、手離してしまうのであればもういっそのこと。

ルートヴィヒがリリアーナと関わることを止めてしまえば、あるいは。

そう思いつつも踏ん切りをつけられず、婚約者に内定しても反対の声を上げられず、結局は密かに彼女の動向を探ることしかできなかった。

せめて、また誰かの悪意によって殺されてしまわぬように守りたい。

ルートヴィヒを「優しい」と言って微笑んでくれた彼女を。

屋敷から出ない深窓の令嬢はさぞかし慎ましくもか弱いのだろうと思っていたのに、実際は強かで勇敢で、穏やかながらも人の心を見ようとしてくれる人だった。

勝手に決めつけて余計な気を回してしまったことを恥じてしまうほどに、リリアーナはしっかりと地に足をつけて凛とした姿を見せてきた。

それこそ、どんなに雨風に晒されても折れることはない、大輪の花のよう。

積極的な外交を押し出すドゥルイット侯爵の娘で、しかも髪の色が違うリリアーナは苦労してきたに違いない。

ドゥルイット侯爵も彼女のことをいたく気にかけていた。

顔合わせのあと、彼女のことが頭から離れないのは、これから妻になる女性だから印象に残っているだけなのだろうと思っていた。

ところが、リリアーナの顔を思い浮かべれば思い浮かべるほどに、それだけでは説明がつかない感情が湧き起こる。

会いたいと願う気持ちや、話したいと焦がれる気持ち、彼女を目の前にしたら触れてみたいと思ってしまう欲。

ときおり見せる柔らかな笑みが曇らないようにしてやりたい。

強がりな笑顔を見せるときは、裏で手を震わせ怯えないように抱き締めて守ってあげたい。

何度時が戻っても、そんな欲は涸れることはなかった。

だから、守るために離れるのだと決意しようとした矢先、ドゥルイット侯爵邸を見張っていた者から報告が入る。

——リリアーナが屋敷から出奔したと。

それを聞いた瞬間、無意識に駆けだしていた。

誰かがルートヴィヒを引き留めていたが、脇目も振らずに厩（うまや）に赴き、愛馬に飛び乗る。

そして消えたリリアーナを捜し続けたのだ。

道から転げ落ちた彼女を見つけたときは、心臓が飛び出るかと思った。

安堵と焦燥感が一気に押し寄せて、ただただリリアーナを救わなければと必死になる。

ところが、助け出した彼女は「オリヴィア」と名乗り、平民だと偽った。

ルートヴィヒの前で別人として振る舞おうとし、ひとりで生きようとする彼女。

今までとは違う、まったく違う姿を見せるリリアーナがいた。

ここで初めてリリアーナが変則的な動きを見せたことで、ルートヴィヒは違和感を覚える。

彼女の中で何かが変わってきていると。

とにかく、この違和感の正体を突き止めるため、そしてリリアーナを守るために湖畔の別荘に連れて行った。

さて、リリアーナをどうしたものかと考える。

このまま彼女の好きにさせるべきなのか、それとも屋敷に帰すべきなのか。

良識的に考えれば後者だろう。

だが、もうひとつ、ルートヴィヒを誘惑する選択肢がある。

このままここで一緒に過ごすのも手かと思い始めていたのだ。

彼女が「オリヴィア」でいたいのであればそれはそれでいいだろう。

ならば、ルートヴィヒと「オリヴィア」として関係を築くだけのこと。

もしかすると、そうなることでこのループを終わらせることができるかもしれない。何かが変わって、リリアーナを失意の中で喪うことはなくなるかもという希望を見出していた。

いや、しかしでも、互いの立場もある。

リリアーナと一緒にいられるのであれば何でもするつもりだし、王子という身分を捨ててもいい。批判覚悟で彼女を娶るのも手だとあれやこれやと懊悩していた。

そんなときに、真夜中にリリアーナが訪れてくる。

しかも、自分を抱いてくれと言うのだ。

ルートヴィヒの中ですべての悩みが吹っ飛んだ。うだうだ考え込んだ時間が馬鹿らしくなってしまうほどに、あっという間に。

どんな形でもいい、リリアーナと一緒にいる。

もうこの屋敷にふたりで閉じ籠もってしまえばいい。

どこにも出さなければ、ふたりだけの世界にいれば、リリアーナが悪意に晒されることもない。

彼女を喪うこともなく、生涯に亘ってこの腕の中で抱き続けられるのだと。

リリアーナの柔肌を触ったとき、彼女の甘く艶のある声を聞いたとき、感じている顔を見たとき、――奥まで穿ったとき。

ルートヴィヒはそれしか考えられなかった。

もう逃がしやしない。どこにも行かせない。

ここでリリアーナを守り続ける。

ようやく訪れたふたりの幸せなときを逃してたまるかと。

――そう思っていたのはルートヴィヒだけだったようだ。

部屋に残された手紙を見つめ、すぅ……と目を細める。

「……逃がすものか」

胸の中で熱いものが煮えたぎっているような感覚がした。

馬車で停留所まで送っていった者にどこで降ろしたかを聞き出し、おおよその居場所の見当をつけると一度王都に戻った。

先にやることがあったのだ。

まずは、今頃娘が行方をくらませて気が動転しているであろうリリアーナの両親のもとに赴く。

そして、自分がリリアーナを見つけ出すから心配しないでほしいと言い含め、むやみに騒がないようにと念を押した。

リリアーナの命を狙っている輩（やから）に変に捜されても困るからだ。

その間もリリアーナの捜索を進めており、ネリーモンテという町に住んでいることが分かった。

（ネリーモンテ……たしか、リリアーナが前に時が戻ったときに入った修道院がある場所だったな）

今回も修道院に入るつもりだと言っていたが、同じ場所だったとはこれは偶然だろうか。

そう思ったが、報告によると、どうやらリリアーナは修道院に入ったのではなく、家を借りて食堂で働いているのだと言うのだ。

嘘を吐かれたわけなのだが、またそこで違和感を持つ。

もっと栄えて住みやすい、職がたくさんある町はあるだろうに、どうしてそんな寂れたところをわざわざ選んだのか。

まるで何かの縁に導かれたかのようにネリーモンテに向かったのだろうか。

疑問を持ちながらリリアーナを迎えに行ったのは、結局別荘で別れてから一ヶ月経ったときだった。

違和感の正体に気付いたのは、リリアーナの言葉。

どうあってもひとりで生きるため、追いすがるルートヴィヒを身分差を建前にして拒絶しているのかと考えていたのだが、リリアーナの涙を見て違うと悟る。

もしかしたら、彼女もまた自分と同じなのでは？　という仮説にようやく辿り着いたとき、彼女を「リリアーナ」と呼んでいた。

リリアーナは気付いていなかったようだが、一度も「オリヴィア」と呼んだことはなかった。

呼んでしまえば、いくつもの人生で築いたふたりの思い出がすべてなくなってしまうような気がしたからだ。

だが、それによってふたりのすれ違いが紐解かれる。

互いが運命に抗えるのは自分だけだと思って戦い続けていたのだと。

（ふたりで時を戻っていたとはな）

運命なのか、それとも呪いめいたものなのか。

なんの因果か分からないが、リリアーナが死んだ瞬間、ふたりは同じ時に舞い戻る。

原因は分からないが、とにかく今この現象をありがたいと思うことにしよう。

そうでなければ、一度目のときにリリアーナを喪ったままだった。

何度もやり直せるチャンスをもらえたのだと思うのと同時に、もうこのチャンスを無駄にしたくないとも強く思う。

（やはり、黒幕を見つけ出さなければならないのだろうな）

机に積み上げられた報告書を眺めながら、ルートヴィヒは重い溜息を吐いた。

おそらく、リリアーナをことあるごとに狙ったのはハンナで間違いないだろう。

少なくとも三回目のループのとき、社交界にリリアーナの悪い噂を流したのは彼女だし、男たちをけしかけたのもそうだ。

そう考えると、二回目の強盗も何か手を回しているかもしれない。

四回目は、リリアーナを追い払ったハンナが追い打ちをかけるような真似はしないだろうから、また別の手の者かもしれない。

だが、最初のときのドゥルイット侯爵が他国と通じていたという捏造された証拠については、検討の余地がある。あれはハンナひとりが用意できるものではないだろう。

国王も、そしてドゥルイット侯爵を買っていた兄でさえも信じざるをえなかった完璧な証拠。

(ハンナともうひとり、後ろに誰かがいるとみるべきか)

だが、果たして誰が。

ドゥルイット侯爵の台頭を不満に思う貴族は多い。

だが、今までの惨劇を見るに、敵はドゥルイット侯爵というよりもリリアーナに固執している。

ループをするたびにリリアーナが死んでいくのはそのせいだろう。

別荘にやってきたハンナにそれとなく探りを入れてみたが、尻尾を掴ませなかった。

無駄に長く話しただけで終わってしまったのが口惜しい。

彼女の態度を見るに、今回もルートヴィヒに気に入られようとしているのは間違いないようだし、このままリリアーナを社交界に出してしまえば付け狙うのは必至。

ハンナの動向はこれからも注視するとして、問題はもうひとりの黒幕らしき人物が誰なのかということ。

あれほどの証拠を揃え、かつ仕込める人間。

調査が入るように指示できる、ある程度力を持っている権力者。

――やはり城内にいると考えるのが妥当か。

そう考えると、このままここにふたりで籠もっていた方がいいのかもしれない。

リリアーナの安全を思えば、それがいいのだろう。

だが……。

（本当はリリアーナも逃げることは望んでいないのだろう）

今後のことはふたりで話し合えばいい。

改めて互いにどうしていきたいか。

どうやってループを解くことができるか。

これからゆっくり話し合える時間がある。

両者の意見をすり合わせて納得のいく答えを出せればいい。

もし、出せないとなったとき、ここでふたりで暮らしていく。外に出ることなく、安全に。

選択肢は無限大で、ループをするたびに新たな道を見出してきた。

リリアーナとなら、さらにいい道が見つかる。

そしていつか、このループを抜け出せたら。

「――今度こそ、お前と幸せな生をまっとうしたいよ、リリアーナ」

あどけない顔で眠っているであろう愛おしい人を思い浮かべて、ルートヴィヒは微笑んだ。

第五章

「またぜひルートヴィヒ様と一緒にお越しください。お待ちしております――リリアーナ様」

「ありがとうございます。お世話になりました、オルコックさん、皆さん」

恭しく頭を下げるオルコックに、リリアーナも同じように頭を下げる。

改めて彼に「リリアーナ」と呼ばれて気恥ずかしくなる。

ネリーモンテから連れ去られ再び別荘にやってきたあとに、オルコックはルートヴィヒからリリアーナの正体を聞いていたようだ。

オリヴィアと名乗っているが、本当はリリアーナ・ドゥルイットであり、ルートヴィヒの婚約者であること。

婚約を嫌がって逃げ出したらしいので、できればここに滞在させてその間に説得したいので協力してほしいとのこと。

あれほど追い出したがっていたのに、手のひらを返すような態度を取ったのは、やはりルートヴィヒが口添えをしてくれていたからだった。

こちらがどんなに正体を偽って平民のふりをしていても、彼らには分かっていたのだと思ったら恥ずかしくて仕方がない。

リリアーナは今日、ルートヴィヒと共に別荘を出る。

逃げるのではなく前進する道を選び、ふたりで運命を切り開くために。

ルートヴィヒはこのまま別荘に残るという道もあると言ってくれた。

正直な話、それに惹かれなかったと言ったら嘘になる。

何ごともなくふたりで過ごせる場所があるのだとしたら、そこから抜け出したくはないし、一生閉じ籠もっていたい。

でも、もう逃げたくないと思う自分もいて。

意を決したリリアーナはルートヴィヒに言ったのだ。

『一緒に戦ってくださいますか？』

彼はリリアーナがそう言うのを待っていたかのように力強く頷いてくれた。

『今度からはどこまでも一緒だ』

だから、王都に戻ることを選んだ。

逃げて大切な人を守るではなく、しっかりと敵に打ち勝って平穏を手に入れるのだと。

「次はリリアーナを妻としてここに連れてくる。そのときはまたよろしく頼む、オルコック」

「はい、お待ちしております」

――次は妻として。

この言葉は、一回目のときにも聞いたものだった。

だが、今回は決意めいたものが滲み出ている。

以前と同じセリフでも、意味合いがまったく違っていた。

馬車に揺られ、王都に向かう。

車窓から望む風景が変わっていくのを見て、リリアーナは徐々に緊張を高まらせていっていた。

前回、この道を通ったときは、すべてを捨てる覚悟を持っていたのに、今はすべてを守る気持ちでいる。正反対の自分。

ルートヴィヒが言うには、自分たちを阻むのはハンナと、そしてその後ろにいるであろう城にいる誰か。幾度も負けてきたそれらと対峙しなければならない。

だが、その前に、気がかりだったのは家族のことだ。

何も言わずに屋敷を抜け出したリリアーナを心配し、そして怒っているだろう。

覚悟していたとはいえ、やはり直面するのは怖いし、申し訳なさで合わせる顔がない。

行方をくらませたリリアーナは自分が捜し出す。そう家族に申し出てくれたルートヴィヒが言うには、怒ると言うよりひたすら心配していたとのこと。

数日前に実家に宛てて手紙を書き、もうすぐ戻る旨を伝えたが、果たしてどんな顔をして家族の前に現れればいいのか。

「何も心配することはない。俺も一緒に謝ってやる」

不安そうな顔をするリリアーナを励まし、ルートヴィヒは手を握ってくれた。

「リリアーナ！」

屋敷の前に馬車が停まったとき、玄関から父と母、そして弟が飛び出てきた。到着を今か今かと待ってくれていたのか、駆け寄って来てくれる。

先に降りていたルートヴィヒのエスコートで恐る恐る客車を降りる。

申し訳なさでいっぱいの顔を上げた瞬間、父に抱き締められた。

「よかった無事で！　本当に……本当によかった！」

声を涙で濡らしながらリリアーナの無事を喜んでくれている。

出会いがしらに怒られると覚悟していたリリアーナは目を瞬かせた。

「どこか怪我とかしていない？　大丈夫なの？　ほら、顔を見せてちょうだい」

母も同様、涙ぐみながらリリアーナの顔を覗き込み、抱き締めてくれる。

ふたりの隙間を縫うように弟も引っ付いてきて、家族に埋もれてしまった。

持ち上げた手は震えていて、躊躇いを持ったけれど、無事を喜んでくれる皆の気持ちに応えたくて、リリアーナもまた会えたことが嬉しくて抱き締め返した。

もちろん、感動の再会だけでは終わらず、たっぷりと叱られてしまったのだが。

眉を吊り上げながら無謀な真似をしたことを咎(とが)める父ではあったが、一通り叱り終わると、今度は肩を落として申し訳なさそうにしてきた。

「……すまない、すべて私が強引にルートヴィヒ殿下との婚約を押し進めたせいだな。屋敷を飛び出すほどに嫌だったとは露知らず勝手なことをしてしまった。本当にすまない」

父の言葉に罪悪感を持つ。

そう説明した方が一番収まりがいいだろうとルートヴィヒが提案し、リリアーナも渋々それに乗ったのだが、やはり嘘でも「ルートヴィヒが嫌」と言うのは気が咎めた。

だから、ここぞとばかりに首を横に振る。

「いいえ、お父様。私もしっかりと話し合わずに衝動的な行動を取りまして申し訳ございません。あの、ルートヴィヒ様のことは、今はその……」

「いい方だろう？　ルートヴィヒ殿下は」

リリアーナの心を見透かすように、父はニヤリと微笑んだ。

そして、ルートヴィヒの方にも目をやり、うんうんと頷く。

「この方なら、私の大切な娘を預けられる。そう思って婚約を結んだが、今もその想いは変わっていない。もちろん、決める前にお前の気持ちを確かめるべきだったと反省している」

「いいえ、そんな……」

「……だが、改めて確かめるまでもないくらいにいい雰囲気になっているようだな」

父の満足そうな顔を見て、気恥ずかしくなり俯いた。

「……お、お父様」

「どうなることかと思ったが、やはりルートヴィヒ殿下に一任して正解だった。本当にありがとうございます、殿下」

「婚約者だからな。自らが迎えに行くのは当然のことだ」

ルートヴィヒも満更でもないような顔で頷いていた。

「一応聞くが、リリアーナ、ルートヴィヒ殿下との婚約を公にしてもいいのかい？」

今度こそは強引なことはしないと、父は意思確認をしてくる。

今回の出奔はルートヴィヒのおかげで城には知られていないし、このまま進めるには何も問題はない。あとはふたりの気持ち次第なのだと。

リリアーナはルートヴィヒ様と顔を見合わせる。

「もちろんです。ルートヴィヒ様と結婚したいと心から望んでおります」

「俺もリリアーナと結婚したい。ふたりで未来をつくっていきたいと願っている」

別荘で固めた決意を口にし、もう迷いはないのだと示した。

なら、盛大にお披露目(ひろめ)をしようと父は張り切る。国王と話を詰めなければと。

だが、母は少々沈んだような顔をしていた。

「リリアーナは社交界に出たことがないでしょう？　それなのに、突然ルートヴィヒ殿下との婚約発表だなんて大丈夫かしら。それに身体の方もまだ心配だわ」

あまり外に出ようとしない娘の母としては、その心配はもっともだ。

だが、躊躇いはなかった。

むしろ前向きで、やってやると思えてしまうほどに闘志に燃えていた。

「大丈夫よ、お母様。お父様のおっしゃる通り、盛大にいたしましょう。少々派手なくらいが私にはちょうどいいわ」

大事なのは勢いと強固な姿勢。どんなことをされても負けないという意志を押し出すことで、相手も怯みを見せるかもしれない。

それは、逃げるよりもさらに大きな抑制になるときがある。

ルートヴィヒと一緒であれば、さらに大きく、すべてを呑み込むうねりになれる。

そう信じて、リリアーナは社交界に挑むのだ。

「俺は一旦城に帰る。いろいろと片付けることが机の上に山積みだろうし、城の中に怪しい人物がいないか探りを入れよう」

両親との会話を終えて部屋をふたりで出ると、ルートヴィヒはリリアーナのこみかめにキスを落としながら言ってきた。

離れてしまうのは寂しくて一瞬気落ちした顔をしてしまったが、気丈に笑ってみせた。

別荘ではひとときも離れずに一緒にいたのだから、なおさらだろう。

「ありがとうございます、ルートヴィヒ様。何から何まで。こうやって家族のもとに戻ってこられたのは、貴方のおかげです」

改めてお礼を言うと、彼はふっと笑みを浮かべる。

「礼を言うのはまだ早い。これからが大変だ」

「そうですね」

「忘れるな。俺がいる。お前の側に、いつでも。どんな困難が待ち受けていようとも、生きるときも死ぬときも、どこまでも一緒だ」

たとえ、また死んでしまって時が戻ったとしても。

もうひとりではない。


改めて城に挨拶をしに行くことになったリリアーナは、国王夫妻と王太子と対面することになった。いわゆる家族の顔合わせだ。

今回は庭園ではなく、部屋が用意されていた。

堅苦しい雰囲気もなく、和やかに両家の顔合わせが進んでいく。

「ルートヴィヒとリリアーナ嬢が結婚することによって、ますます積極的な外交に向け一致団結を図れるというものだな。何かと反発してくる連中を黙らせやすい」

国王は、この婚約は政策上有利に働くことは間違いないと踏んでいるせいか、特に上機嫌だ。

革新的な政(まつりごと)は反発が大きい。故に強固な結びつきが必要になってくる。何としてでも結びたい縁であることは話を聞いているだけでもヒシヒシと伝わってきた。

「ですが、いまだジョアン様はいい顔をされていないとか」

「母上は昔気質だ。それに最近は頭の方もはっきりしないことが多い」

国王は重苦しく息を吐く。

やはり、異色のリリアーナが王家の系譜に名を連ねることをよしとしない人間は、王家の中にいるらしい。

王太后であるジョアンは特に先代王とともにこの国の閉鎖を推し進めてきた人だ。反発心は誰よりも強いのだろう。

一度目の人生のときから変わらず反対の姿勢を貫き、一度もリリアーナと会おうとしなかった。

今回も同じだと、肩を落とす。

国王曰く、昔から厳格で、さらに気性が荒いところもあり、手に負えないところもあるらしい。

「いつかは母上のところに挨拶に行くべきだろうが、それはおいおいでいいだろう。もう少し機嫌がいいときを見計らって行きなさい」

「分かりました」

ルートヴィヒの返事に合わせて、リリアーナも頷く。

いつか認めてくださるといいのだけれど。

淡い期待を胸に仕舞い込む。

「そうだな、婚約発表は今度開かれる私の誕生を祝う夜会の席でどうだろう。国中の貴族が集まるまたとない機会だ」

「ありがとうございます。それではぜひ、祝いの席で。陛下の誕生日と婚約、二重でめでたい日になりますね」

父と国王を中心に、着々と話が進められていった。

「じゃあ、リリアーナは夜会に着ていくドレスを作らないといけないわね」

屋敷に戻ると、母が張り切った様子で言ってきた。

前の人生では何度も参加してきた社交界、そのたびにあまり目立たぬように必要最低限しか顔を出さなかったが、今回は違う。

気持ちは前向きに、何者にも負けないという気持ちで挑むのだから。

そのための準備は重要だった。

ドレスは流行を取り入れたものなのか、自分の魅力を最大限に引き出せるものを着こなしているのか、色味は、形は、値段は、アクセサリーは、靴は。

頭のてっぺんからつま先まで気が抜けない。

誰よりも優美で、誰よりも雅やかに、そして誰よりも目立つように。

会場内のすべての視線をリリアーナのものにするくらいのものに。

そのくらいしなければ、あのハンナには打ち勝てない。

むしろこちらから先制攻撃をするくらいでちょうどいいのかもしれない。

「皆の視線を奪うくらいのものにしましょう、お母様」

前向きな意気込みを見せると、母は驚いた素振りを見せて瞬いた。

「意外だわ。あまり目立たない大人しめの色合いにしましょうって言ってくるかと思っていたのに、リリアーナの方からそんなこと言ってくれるなんて」

「そうね、今までの私だったら絶対にそう言っていたと思うわ」

無難な色を選んで人目を避け、野暮(やぼ)ったく見えないギリギリのラインで地味な装いを好んでいた。

前のループのときも、母がよく残念そうに言っていたことを今でも覚えている。もっと自分に自信を持っていいのよ？　と寂しそうに。

では、今は自分に自信があるのかと聞かれればそうとは言い切れないが、以前より自分を良く見せていこうという気概はある。

「リリアーナ、貴女変わったわね。屋敷を飛び出したとき、そんな行動力がある子だったのかと驚いたけれど、今は輪をかけて驚いているわ」

「いつも心配をかけてしまって、ごめんなさい」

「何をしても心配をするのが親というものよ」

だから、謝る必要はないと母は言う。

「でも……そうね、たしかに肝を冷やしたけれど、外に飛び出たことをきっかけに貴女が変わったのだとしたら、リリアーナにとって必要な旅だったのね、きっと」

母の言う通りだ。あれは必要な旅だった。

そうでなければ、ルートヴィヒと腹を割って話すことはなかっただろうし、ハンナに立ち向かうこともしなかった。

いや、今回だけではない。

今までのループもまた、リリアーナにとっては必要なことだったのかもしれない。

失敗続きだったけれど、学ぶことは多かった。

あのときああすればよかったと反省点が生まれるたびに、リリアーナは変わっていく。

きっと、夜会もそれが活(い)かされていくだろう。

だって、リリアーナはもう知ってしまっている。

——この晴れ舞台、どう振る舞えばいいのか、どのような姿をルートヴィヒの隣で見せればいいのかを。

「この夜会を必ず成功させてみせるわ、お母様。見ていて」

翌日から早速仕立屋を屋敷に招き、ドレスの選定に入った。

「リリアーナ様は御髪の色が特徴的ですから、それに合わせたお色がいいでしょう。それとも、隠すような感じがよろしいですか？」

「いいえ、むしろ見せつける方向でいきたいの。この髪は私にとって誇りだから」

ひるむことなく堂々たる様を見せつける。

この赤い髪は確かに相手には攻撃材料になるが、逆手に取ればこちらにとっても強力な武器になるだろう。

ドレスのラインはどうするか、首回りや袖の長さ、ドレープの数に、スカートをどのくらいボリュームを持たせるか、飾りはどうするか。ドレス一着でも考えることがたくさんある。

さらにアクセサリーに靴に手袋に、髪型と決めることはたくさんあった。

装いだけではない。

ダンスの練習にも励まなければならない。

病気と偽ってベッドの住人になっていたし、庶民に扮してもいたので、勘を取り戻すには一日二日の練習では難しかった。

肌のお手入れも入念に。

ルートヴィヒの妻になるのだ。夜会後もこのくらいやってのけて当たり前にならなければならないのかもしれない。

ドレスを着たときに身体のラインが綺麗に見えるように、食事も控えめにした。

美しさを引き出すにはそれ相応の努力が必要になってくるものだが、今まで怠っていたのだから致し方ない。

ダンスの練習は主に弟が練習相手になってくれて、日を追うごとに上達していく。

先生も褒めてくれたし、何よりリリアーナ自身がそれを実感していた。

会いに来てくれたルートヴィヒも練習に付き合ってくれたのだが、彼も感心していた。

「この調子なら、本番は問題なさそうだな」

「間に合いそうでホッとしております。協力してくださった皆さんのおかげですね」

家族だけではなく、屋敷の人間全員が夜会に挑むリリアーナを支えてくれている。

応援の言葉をもらうたびに感謝し、絶対に成功させたいとさらに強く願うようになった。

「ルートヴィヒ様の方はいかがです？　ジョアン様と会えましたか？」

「残念ながら」

「……そうですか」

できれば夜会の前に挨拶をしておきたかったが、難しいようだ。

「だが、俺としてはあまり祖母と会うのはお勧めしない。お前が思っている以上に苛烈な人だぞ」

一見人当たりがよく優しい人に見えるのだが、何かの拍子で豹変する。

その実、誰よりも厳しく、誰よりも王族であることを誇りに思っているのもまたジョアンなのだとルートヴィヒは話してくれた。

以前、ジョアンの肖像画を見て、難しい顔をしていたことを思い出す。

「なら、なおさら私がルートヴィヒ様と結婚するのは不本意かもしれませんね」

「そうだとしても、国王である父の許可はとってあるからな。たとえ祖母でもその決定は覆せない。心配ないだろう」

国中の人たちに祝福してもらえるとは思っていない。

反感を買うのも覚悟の上ではあるのだが、彼女もやはりルートヴィヒの家族だと思うと、もの悲しさがあった。

自分の家族の仲がいいからそう思ってしまうのかもしれない。

「話は変わるが、やはり今回もドゥルイット侯爵が他国と通じている証拠が出てきた。もちろん握りつぶしたが、敵方も動き始めたようだな」

一回目はそれに気づかず、まんまと罠に嵌った父は売国奴として捕らえられ、一家もろとも処刑されたが、二回目以降はルートヴィヒが手をまわして事なきを得ている。

偽造の証拠を仕込む前に、現行犯として下手人を捕らえてくれていた。

「今回も仕込んだのは港で働く役人のひとりだと分かったが、やはり口を割らないな。少々手荒いことをしてでも情報を引き出そうとしたが、頑として言おうとしない」

黒幕に忠誠を誓っているのか、それとも脅されているのか。

役人の男は毎回黙秘を貫く。

そしてほかに手がかりを得ることもできずに、そこで詰んでしまうらしい。

手がかりを求めて動き回っている間に、リリアーナは殺され時が戻るのだ。

敵は父を貶めることに失敗したら、ターゲットをリリアーナに切り替える。

今度はどんな手を使ってリリアーナを殺そうとするのか分からないが、動くことは確実だ。

「お前がこれから危険な目に遭うかもしれないと思うと気が気ではないが……」

抱き寄せられ、つむじにキスをされる。

「屋敷の守りはしっかりと固めているし、どこに出かけるにしても護衛はつけるつもりだ。ドゥルイット侯爵にも、万が一のことを考えて警戒するようには伝えている」

「ありがとうございます」

それでも心配が拭えないのか、ルートヴィヒはリリアーナを自分の腕の中に閉じ込めて離そうとしない。ずっと腕の中で守っていたいとでも言うかのように強く抱きしめてきた。

「だが、今回のことではっきりしたことがある」

「なんですか？」

顔を上げてルートヴィヒを見やると、彼は酷く苦しそうな顔をする。

「お前が出奔したことで、俺たちの婚約が公になるのが以前より遅れた。ほとんどの者が今度の夜会で知ることになるはずなのだが、すでに動き出しているということは……」

「ルートヴィヒ様が懸念されていたように、黒幕は城の中にいるということですね」

「しかも俺たちのごく身近にな」

意図せずして分かってしまった真実に、リリアーナも沈痛な面持ちを浮かべた。

「……それでも俺たちの意志は変わらない。そうだろう？」

「はい、もちろんです」

誰が邪魔をしようとも構わない。

人生五回分の重みが詰まったふたりの夢を、叶えるべく動くだけだ。

「では、勝負のときに向けてもう一曲お相手をお願いしようか」

ルートヴィヒはそっと腕の中からリリアーナを解放し、恭しく頭を下げてきた。

「先ほどから何度も誘ってこられていますが、もしかしてルートヴィヒ様、踊るのが楽しくなってしまいました？」

リリアーナは彼の手を取り、くすりと微笑む。

ダンスの練習もできるし、ルートヴィヒと踊るのはリリアーナも楽しいのでいいのだが、武骨なイメージの彼がこんなに求めてくるとは思わなかった。

「どんな形であれ、お前と何かをするのは楽しくて仕方がない。ダンスというより、お前といることをめいいっぱい楽しんでいる感じだな」

ただふたりでいるだけでいい。

それだけでいくらでも楽しめる。

「リリアーナ、もし夜会が成功したら、城で一緒に住まないか?」

「結婚前にですか?」

「そうだ。花嫁修業をするのであれば、城でしたほうがいいだろう。何より側にいてくれたら、俺が安心して過ごせるし、仕事にも張り合いが出る」

もちろん一緒にいられるのであればやぶさかではない。

正直な話、いまだに別荘で過ごした日々を忘れられないでいる。

あれほどまでルートヴィヒとの繋がりを感じられ、愛を交わし合ったと実感したときはない。

もう一度あのときを取り戻せるのであれば、喜んで城に向かう所存だ。

「お父様に聞いてみないことには。ですが、許されるのであれば、私も一緒にいたいです」

さらに楽しみが増えたようで嬉しかった。

顔が綻んでくるのが止められない。

くるりと回りながらホールの真ん中に躍り出ると、ふたりでステップを刻み始めた。

身体を密着させ、スローテンポで踊る。

「正直、あの別荘での日々が忘れられない。常にお前が側にいる生活が、恋しくてたまらないよ」

ルートヴィヒはリリアーナの耳に息を吹き込むように囁いてきた。

情事の際、彼は耳を執拗に愛でていた。リリアーナの弱い場所だと知って、舐り、甘噛みをしては、息を吹きかけて翻弄し続けていたのだ。

彼の今の声は、まさにそのときと同じもの。

もう条件反射になっているのか、下腹部がきゅんと切なくなった。

「……私も、恋しい……です」

ゾクゾクとしたものが背中を駆け下り、腰を疼かせる。

一気に上がった体温に気づかぬふりをしながら、平然と振舞った。

だが、そんな強がりなどお見通しのようで、ルートヴィヒはさらに耳に息を吹き込み攻める。

「結婚するまでこうやって触れ合うだけで我慢していなければならないのは、なかなかに辛いものだ」

「……ンっ」

互いの身体の熱さを知ってしまったら、もう知らない頃には戻れない。

繋がる悦びや気持ちよさを思い出し、リリアーナもときおり身体を疼かせている。

ルートヴィヒが欲しいと、心も身体も啼くのだ。

「……キス、くらいなら」

そのくらいであれば許されるのではないだろうか。そうリリアーナは提案する。

愛し合うふたりであれば、婚前でもキスはするだろう。

そのくらいなら許される。いや、許されたいと願う。

「それだけで我慢できなくなったらどうする」

「……そのときは、一旦離れて熱を冷ましましょう」

「焦らされてますます我慢ができなくなりそうだな」

そう言いながら、リリアーナの欲を煽るように耳朶を口に含んできた。

熱い息を吐きながら、視線を彷徨わせる。

このホール内に人はいない。

誰かが来る可能性はあるが、それでも一度つけられた火を鎮めることは難しそうだった。

「ルートヴィヒ様……できれば、見つからないようなところで……」

首筋に唇を落としてきた彼に申し出ると、彼はカーテンのところにまで手を引いていった。

「これなら見えない」

カーテンの陰に隠れて姿を消すと、ルートヴィヒは目元をほんのりと染めながらこちらを見る。

その視線だけで、肌の下に快感が走り、リリアーナを高揚させた。

「……あっ……ルートヴィヒ様……」

「声は我慢した方がいいな。さすがにばれてしまう」

「……はい」

再び首筋に顔を埋められ、唇を這わされる。

ちゅう……と吸い付かれる感覚は、気持ちよくて、リリアーナの理性を削り取っていく。

ドレスをあまり乱さぬようにと、彼は肌が露出している部分だけに口づけをして舌を這わせていく。

だが、それだけでは物足りないのはお互い様だった。

唇にもキスが欲しいと視線でねだると、彼はリリアーナの唇を食み、そして口づけをしてくる。

舌を絡ませ、口内を蹂躙しては、唾液を啜ってきた。

ジンと頭が痺れるような幸福感。

もう少しだけこうしていたいとうっとりしていると、ルートヴィヒの手がスカートをめくり、太腿を撫でてきた。

「ルートヴィヒ様っ」

「静かにしないと、だろう？」

意地悪な顔でリリアーナを見下ろす彼は、こんな状況であるにも関わらず、下着に指をかけて中に入れてきた。

「……っ」

秘所に指が挿入ってくる感覚に肩を震わせ、声を上げそうになった自分の口を咄嗟に手で塞ぐ。

密かに蜜を滲ませていたそこを割り開き、中を暴いていった。

「……ンっ……ふぅ……うっ……んン」

くちゅ……と音を立てて指を呑み込んでいくそこは、別荘で散々可愛がってもらったおかげで従順だ。

膣壁を擦るたび、奥へと指が進んでいくたびに悦んで、蜜を垂らしては蠢いている。

はしたなく締め付けて、もっと奥へと誘い込む。

もっと擦ってほしいとねだっていた。

「相変わらず、お前の中は熱い」

ルートヴィヒも興奮し、眉根を寄せている。

快楽に突き上げられるように出てきそうになる喘ぎ声を懸命に我慢するリリアーナの顔を見つめ、楽しんでいるように見えた。

「ここをたくさん擦ってやると、甘い声で啼いてくれる。……その声が聴けないのが残念だな」

「……ンんっ……ンっ……ひぅっ……ンぁ」

そう言いながらも、彼の指はリリアーナから甘やかな声を引き出そうと、指の腹をぐりぐりと擦りつけてくる。

そのたびに身体がびくびくと震え、腰もまた砕けそうになってくる。徐々に立っているのが難しくなると、ルートヴィヒは腰を抱き支えてくれた。

リリアーナも彼の胸にしがみ付き、与えられる快楽に耐えていた。

けれども、あっという間に追い詰められて。

どれほど我慢しても、ルートヴィヒの指によって絶頂に導かれていく。

「……も……イってしまいます……っ」

「あぁ、そうだな。でも、このままイかせてほしいんだろう？」

「……あっあっ……でも、……声が……こえがでちゃう……」

「我慢できそうにないか？」

切羽詰まったように何度も頷くと、ルートヴィヒは小さく「可愛いな」と呟き、リリアーナの口を己の唇で塞いでくれた。

喘ぎ声のすべてが彼の中に吸い込まれていく。

指が激しく動かされ、ぐちゅぐちゅと水音も大きくなっていった。

「……ふぅ……ンっ……んン——っ」

快楽が弾け、リリアーナは達してしまう。

ルートヴィヒが口を塞いでくれていたおかげで声は漏れなかったが、羞恥心が凄い。

(……こんなところで達してしまった)

余韻を舐めるように口の中を弄られながら、自分のはしたなさを恥じた。

けれども、ルートヴィヒに触れてもらった悦びも大きくて、どうしようもないほどの幸福感に満たされて。

ゆっくりと指が自分の中から抜けていく感覚に寂しささえ覚えた。

「そんな顔をするな。俺も我慢できなくなるだろう」

蜜に濡れた指をぺろりと舐め、ルートヴィヒは欲を孕んだ目でリリアーナを見つめる。

互いの熱を恋しがり、身体が疼く。

けれども、今はそれを治めるしかなくて。

せめてとばかりに、キスをした。

「……我が娘ながらなんて美しいの。これは完璧よ、リリアーナ。これ以上のものはないわ」

ドレスに身を包み、美しく着飾ったリリアーナを見つめながら母は感嘆のため息を吐く。

リリアーナも鏡に映った自分の姿を見て、満更でもないような顔でくるりとその場で回った。

スカートが揺れて、そのたびに薔薇にかたどられた刺繍や、銀色の蔦模様の刺繍が綺麗に舞い踊る。白地のスカートに施されたそれらは、ことさら際立って美しく見せた。

腰元から胸元にかけては赤いレースに覆われており、まるで胸元から薔薇の花が咲きこぼれているかのよう。

オフショルダーのドレスなので、寂しい首元には大ぶりのネックレスを。

ダイアモンドとアメジストが填め込まれ、さりげなく自分が誰のものなのかを主張しつつも、ドレスの彩りを邪魔しないものになっている。イヤリングも同様だ。

化粧は少し派手目にしてもらった。可愛らしさより綺麗さを前面に押し出すように、釣り目気味で。

今日という特別な日のために懸命にお手入れをしてきた真っ赤な髪の毛を結い上げれば、そこにはいつもとは違うリリアーナがいた。

会場でより美しく、より存在感のある令嬢に。

そう思って仕立屋と話し合いを重ね、ドレスを作った。

まさにリリアーナと母たちと仕立屋の努力を体現したかのような仕上がりに、誰しもが成功を確信していた。

「ルートヴィヒ殿下、ますます貴女に惚れ直してしまうわね」

母の言葉に照れ臭く微笑む。

「気に入ってくださると嬉しいわ」

もうルートヴィヒが迎えに来ていると父が呼びに来てくれたのだが、リリアーナの姿を見た途端に感極まって涙ぐんでしまった。

「お前のこんな姿を見られる日が来るなんて……本当に嬉しいよ」

「お父様……」

毎回社交界に出るたびに涙を流す父ではあったが、今回の涙は胸にくるものがあった。

いつも以上に両親に心労をかけさせてしまったのだから。

自分の娘の行く末を憂いていたに違いない。

ようやく活路を見出し、恩を返せるようになった今、もうこれ以上挫けることなく両親に恩返しができたのなら、きっと喜びは増え続けていく。

「行きましょう、お父様」

目元を真っ赤に染めた父にエスコートをされながら玄関まで行くと、ルートヴィヒがこちらを見つめながら佇んでいた。

眩しそうに目を細め、リリアーナを見つめる彼は、濃紺の服に身を包んでいる。いつもと違いかっちりとクラヴァットにジレを着て、前髪を上げている姿は惚れ惚れしてしまう。

いつも魅力的な人ではあるが、やはり着飾った姿は格別だ。

こんな素敵な人が自分の婚約者であり、愛を交わし合う人であり、そして今日一日隣に立つのだ。夢を見ているみたいだ。

何度そう思ったかわからない。何度目の人生であっても、彼はいくらでもこの心を虜にしてしまう。

「……お前の美しさには際限がないのだな。いつも驚かせてくれる。——いつも俺を虜にする」

ルートヴィヒの前に立つと、彼は恭しく頭を下げて手の甲にキスをしてきた。

まるで、新たな姿を見るたびに、互いに惚れ直しているかのよう。

頬を染めた顔を見つめ合っては、胸が高鳴るのを感じていた。

「ルートヴィヒ様も、今宵は一段と素敵です。いつも素敵ですけれど……普段とは違うお姿は、いつ見ても胸がどきどきして、私の心臓に悪いです」

あまり心をかき乱さないでほしい。いくら心臓があっても足りないくらいだ。

今宵、どれほどの淑女が彼に心を奪われてしまうのだろう。

愛してくれていると知っているとはいえ、やはりルートヴィヒが格好良すぎると心配になってしまう。

「なら、俺がしっかりとお前を支えていよう」

——さぁ、行こうか、リリアーナ。

差し出された手を取り、ルートヴィヒとともに城へと向かった。

夜会の会場に足を踏み入れる瞬間は、言葉に言い表せないほどの緊張と不安がリリアーナの胸を攫っていた。

自信のなさの表れだろう。

何かトラブルが起こるかも、誰かに嫌がらせをされるかも、嫌なことが起こるかも。

最悪を想定しては、逃げる心づもりばかり整えていた。

今はそれを払拭できるほどの自信があるのかと聞かれると答えに迷ってしまうが、でもルートヴィヒが隣にいて支えてくれていると分かっているから心強い。

家族も含め、皆が協力してくれて、最高の舞台にしようとしてくれたことも要因のひとつだ。

ここまでやってきたのだから、あとリリアーナに必要なのは勢いと度胸。

会場の扉が開かれるとき、大きく深呼吸をして前を真っ直ぐに見据えた。

リリアーナたちが登場すると、談笑をしていた人たちが徐々に話をやめてこちらに目を向けてくる。いつの間にか静まり返り、無数の視線が二人を刺していた。

次に人々の顔に浮かぶのは、驚愕（きょうがく）と好奇心。そして蔑み。

リリアーナの髪の色を見て、他国の人間がやってきたと眉を顰（ひそ）めている人が大多数だった。

遠慮のない視線に怯むことなくリリアーナは丁寧にお辞儀をし、背筋を伸ばしてみせる。

ルートヴィヒは仲睦まじさを見せつけるように腰に手を添えてくれて、寄り添ってきた。

またざわめきが起こる。

あの女性は誰なのか、ルートヴィヒとの仲はいかほどのものなのか。

夜会に同伴してきたということは、もしかしたら……。

「ねぇ、あの方、もしかしてずっと屋敷に引き籠もっていると噂のドゥルイット侯爵のご令嬢ではなくて？　たしか、赤い髪の娘だと聞いたことがあるわ」

誰かがリリアーナの正体に気づいたようだ。

ひとりがそれを口にすると、まるで伝染するかのように話は広まっていく。

そして、再度リリアーナに注目してきた。

（いた、ハンナ様だわ）

視界の端に見たことのある顔を見つけて、密かに息を呑む。

扇子で口元を覆っていて表情はうまく読めないが、こちらを見つめる目は鋭く光っていた。瞳の奥で炎を滾らせ、ひとときもリリアーナから目を離さない。

ルートヴィヒに固執している彼女にとっては、この登場の仕方は業腹だろう。

不意打ちだし、ハンナからすれば騙し討ちのように思えたかもしれない。

わざわざ別荘にまでルートヴィヒに会いに来るほどに入れ込んでいるのだ、まさかリリアーナが婚約者に選ばれていたなど思いもしていなかったはず。

だからこそ警戒しなければならない。

怒り心頭のハンナが何をしでかすか分からない。

「大丈夫か？」

ハンナを見つけて顔色を変えたリリアーナを気遣い、ルートヴィヒが声をかけてきてくれた。

腰を曲げ、顔を覗き込むように。

わざわざ相手の目線に合わせる彼のしぐさに愛情を感じられて、リリアーナは勇気づけられる。

だが、そう思ったのはリリアーナだけではなく、見ていた周りの人間もルートヴィヒの言動に驚きを隠せないようだった。

「もちろんです。ルートヴィヒ様が一緒にいてくださいますから」

平気な顔を見せると、彼は安堵する。その笑みすら優しくて、リリアーナは励まされる。

皆が注視する中、堂々と歩くことに躊躇いはなかった。

国王に挨拶に行き、言祝(ことほ)ぎを贈る。

前回会ったときは大人しめの色味のドレスを着ていたリリアーナが、目立つ色を纏い、まるで蛹(さなぎ)が羽化して美しい蝶(ちょう)になったかのように変貌した姿を見て、驚いている様子だった。

「ルートヴィヒはこんなに美しいご令嬢を伴侶として迎え入れることができて、果報者だな」

嬉しい言葉ももらい面映(おもは)ゆくなる。

この会場の誰しもがリリアーナに不審の目を向けている中、国王からの歓迎の言葉はありがたい。皆にリリアーナが王に認められていると知らしめることができる。

夜会が始まり、国王の挨拶が会場に響く。

さらに、ルートヴィヒとリリアーナの婚約が発表されて、いよいよ騒然となった。

様子を見るに、悲喜こもごもといった感じだが、誰も表立って反対の言葉を口にしていない。

だが、何となく伝わってくる排他的な感情。

同じ場面を幾度繰り返しても、気分のいいものではなかった。

「練習の成果を見せつけるときがやってきたな」

「お任せください」

ホール内に音楽が流れ、国王夫妻が踊り始めた。

そのあと、皆がファーストダンスに繰り出す番になり、リリアーナたちもそれに続く。

「頼もしい言葉だ。ますます惚れ込んでしまう」

ルートヴィヒのリードに合わせて、リリアーナはステップを踏んだ。

練習のときも思ったが、彼はこちらが動きやすいようにしてくれている。

心地いいと思えるほどにリードが上手で、リリアーナがそこまで練習しなくてもちゃんと踊れたのではないかと錯覚してしまうほど。

惚れ込んでしまうと言われたが、それはこちらのセリフだ。

いつもルートヴィヒの頼もしさに支えられているのだから。

ダンス中、リリアーナの失態を望む人たちがこちらを凝視しているが気にならない。

失敗すらもルートヴィヒがカバーをしてくれているのもあるが、練習の成果が出ているのもあるのだろう。終始楽しい気分でダンスを終えた。

「おめでとうございます、ルートヴィヒ殿下、リリアーナ嬢」

先ほどまで遠巻きに見ていた人たちが、途端に集まってくる。

口々にお祝いの言葉を述べては、祝福してくれた。

すると、スッと皆をかき分けるようにやってくる人物がひとり。

「ご婚約おめでとうございます、ルートヴィヒ殿下。水臭いですわ、先日遊びに行ったときに教えてくだされればよかったのに」

ハンナがルートヴィヒに微笑みかけていた。

さすがと言うべきか。

お祝いの言葉を口にしながら、次に自分とルートヴィヒの仲を匂わせるようなことを言ってくる。個人的に遊びに行くような仲なのだと。

婚約者だと公表されて舞い上がっているであろうリリアーナの心をへし折るために、言ってきたに違いない。

今までのリリアーナだったらここで曖昧に微笑んで黙っていた。

言い返すこともできずに、ハンナの牽制にたじろぐだけだっただろう。

だが、残念ながら、彼女にとっていないしやすい大人しいリリアーナはもういなかった。

「あの日はまだ、公にできる段階ではありませんでしたから、ルートヴィヒ様も言えなかったのだと思いますわ」

ふたりの会話に割って入ったリリアーナは訳知り顔で口を挟む。

一瞬、ハンナの口端がひくりと引き攣ったのを見て、ゆっくりと目を細めた。

「あのとき、部屋で休んでいてご挨拶できませんでしたね。改めまして、わたくし、ドゥルイット侯爵家のリリアーナです。どうぞよろしくお願いいたします」

ハンナがそうくるのであれば、こちらも同じ手を使うまでのこと。

彼女が別荘にやってきた日、リリアーナも滞在していたのだと匂わせれば、ハンナもさすがに取り繕えなかったようだ。カッと顔が真っ赤に染まる。

「そ、そうでしたの……それは知りませんでしたわ。こちらこそよろしくお願いいたします。ターラント侯爵家のハンナです」

だが、次の瞬間気を取り直した彼女は、挨拶とともに手を差し出してきた。

リリアーナもそれに応え握手すると、優美な笑みを顔に貼り付けてくる。

「でもこうやってお会いできて嬉しいですわ。今までまったくこういった場に出てこられなかったでしょう？　これを機に仲良くしたいですわ」

「ええ、ぜひ」

ここはハンナに気を許す素振りを見せる。何を企んでいるにしても、すぐには行動に起こさないだろう。こんな人が多いところではなおのこと。

「私のお友達を紹介しますわ」

人がはけた頃を見計らって、リリアーナはハンナに誘われるがままに令嬢たちの輪に入っていこうとした。

ルートヴィヒがちらりとこちらを見たが、問題ないと頷く。

ところが、それだけでは不十分だったのか、彼はリリアーナの手を引き自分の方へと引き寄せると、耳元で囁いてきた。

「無理はするな。何かあれば俺を呼べ。すぐそばにいる」

それだけ伝えて手を離すと、ルートヴィヒはまた誰かに話しかけられ背を向けてしまう。

さすがに令嬢たちの輪の中に男である自分が入るのは野暮だろうと判断したのだろう、その代わりにいつでも見守っていると教えてくれたのだ。

「随分と仲がよろしいのですね。本当、羨ましいほどに」

彼の吐息が触れた耳が熱くて手を当てていると、ハンナが二人の仲を揶揄するような口調で言ってきた。

口ではそう言っているものの、彼女は決して本心を見せない。

嘘と建前という仮面をつけては、じわじわと相手を貶めていくのだ。

「ありがたいことに、大事にしていただいております、ルートヴィヒ様に」

先ほどからハンナを逆撫(さかな)でするような言葉を選んでいるのはわざとだ。

怒りを買えば買うほどに、彼女は感情的になる。

人はそういうときに、早計で愚かな行動に出るものだ。

「皆さん、今日の主役、リリアーナ様を連れてきましたよ」

和やかに声をかけるハンナは、令嬢たちの顔を見渡すようにぐるりと視線を巡らせる。

すると、その中で数人、顔色を変えた者がいた。

その中のひとりが、身を乗り出してリリアーナに話しかけてくる。

「リリアーナ様は、今回が社交界デビューですの?」

「ええ。病気で臥(ふ)せっておりまして、最近ようやく外に出られるようになりました」

「よかったですね。婚約発表に間に合って。……それとも、間に合わせたのかしら？」

そう言ってきた令嬢が、嘲笑を浮かべてきた。

——さっそく始まった。

場の空気が少しひりついたのが分かった。

「デビューの時期を逃してしまうと、なかなか難しいですものね。こういう機会がなければなかなか……」

「それにリリアーナ様は、何と言いますか……私たちとは違いますから。美しくて、皆の目線を引き付ける。特にその御髪は特別ですわ」

しとやかな笑い声がところどころで起こる。

褒めているように見せかけて、リリアーナの髪の色を揶揄している。

馬鹿にしているのかそうでないのかぎりぎりの線で交わされる会話は、聞いている者によっては神経を削る。

貶められていると怒れば、そんなつもりで言ったわけではないのにとさめざめ泣かれてこちらが悪者になるのだろう。

逆に黙ってしまえば、何も言えない臆病者とみなされあちらを増長するだけ。

「ありがとうございます。私もこの髪は気に入っております。確かに皆さんと色は違いますが、それを恥じることはないと父に教えていただきました」

だから冷静に言い返すだけだ。

傷ついた素振りも見せず、悋気も起こさず、穏やかに。

「他国の人間は排除すべし、なんて考えはもう時代錯誤でしょう？　陛下も王太子殿下もその考えに同調し、国の間口を広げていっております。私はその象徴になれると自負しておりますわ」

そして意趣返しも忘れない。

リリアーナを髪の色で小馬鹿にするのは、時代に追い付いていない証拠だと暗に示す。

流行などに敏感な淑女たちは、時代遅れだと言われるのは屈辱だろう。

皆の顔が気色ばむ。

「でも、安心しましたわ。皆様こんな私でも、受け入れて歓迎してくださっているようですし、ハンナ様も仲良くしましょうとおっしゃってくださって。本当に嬉しいです」

ある意味、人の機微に鈍感な人は向けられた悪意を跳ね返すことができる。

今までのループで学んだことでもあった。

「ルートヴィヒ様が心配されていらっしゃって。社交界に慣れていない私が苦労するんじゃないかと。でも、その心配はなさそうですね」

大げさなくらいに満面の笑みを向ける。

すると、令嬢たちは互いの顔を見合っては、どうしようかと戸惑っている。

次にハンナに目を向けて窺っていた。

「――そうですわね。ご安心ください、社交界のことは私がお教えしますわ。これでも顔が利きますの」

ハンナは、リリアーナに嫌味や当てこすりが効かないと分かると、スッと切り替えた。リリアーナが望むように、友好的な態度で接すると決めたらしい。

「そ、そうですわね！　ハンナ様は社交界で随一の人気者なのですよ。だから、お力になってくださりますわ」

「頼りになる方ですの！　器量もよくて、殿方から引く手あまたですわ」

「ええ、ええ、私たち、ハンナ様がいてくださっているおかげで楽しく交流できております」

ハンナの言葉に呼応した令嬢が、一気にハンナを持ち上げ始めた。

リリアーナも驚いた素振りを見せ、「そうなのですね！」と感嘆の声を上げる。

そこからは、いかにハンナが素晴らしいか、淑女の鑑として皆のお手本になっているかを褒め称える場になっていた。

皆、ただでさえルートヴィヒの婚約者という立場をリリアーナに掻っ攫われて衝撃を受けているハンナが、さらに鈍いリリアーナに苛立っているのが分かったのだろう。

どうにかこうにか彼女の機嫌をよくしようと必死になっていた。

功を奏したのか、ハンナは見る見るうちに気分を盛り返していく。

その頃にはリリアーナも場に馴染み、和気あいあいと話せるようになっていた。

そんなときだった。

「……あっ」

令嬢のひとりが躓いたような素振りを見せながら、リリアーナの方にグラスの中に入っていたワインを引っかけてきたのだ。

（手口はいつも同じなのね）

一回目の人生のときも、同じように黄色のドレスをワインで汚されたことがあった。

しかもそのときと同じ令嬢だ。これがこの人の手口なのだろう。

「も、申し訳ございません！　リリアーナ様、大丈夫ですか？」

謝りながらハンカチを差し出す令嬢の後ろで、ハンナがほくそ笑んでいるのが見えた。

「気になさらないでください。あまりかかっていませんから」

予見していたことだったので、咄嗟によけることはできた。それでも少しかかってしまったが、目くじらを立てるほどでもない。

「ほら、見てください。赤いドレスを着ておりますので、ワインがかかってもあまり目立たないでしょう？」

ワインがかかってしまった胸元を見せて、ハンカチで拭けば目立たないくらいになると令嬢を慰めた。

「でも、お気をつけてくださいませ。不慮の事故とはいえ、相手によっては人の話も聞かずに怒る方もいらっしゃるでしょうから」

さらに彼女を気遣うような言葉もかける。暗にそれはあまりいい手ではないと教えてあげながら。

令嬢たちは期待とは違った反応が返ってきて、再び戸惑いの表情を見せる。

これまで散々酷い目に遭わされてきたせいか、つまらなそうな顔をするハンナを見て、胸がすく思いがした。

頭を冷やそうと思ったのか、ハンナがスッと輪の中から抜けていく姿が見える。リリアーナはそれを追い、ハンナに声をかけた。

「ハンナ様！」

後ろから声をかけると、一度は無視したが、二度目の呼びかけに足を止めてくれた。その隙に前に回り込み、ハンナの顔を覗き込んだ。

案の定、苛立ちを隠せない顔をしている。

「改めてお礼を言わせてください。今日は本当にありがとうございます。ハンナ様のおかげで楽しい時間を過ごすことができました」

無邪気にお礼を言って見せると、彼女はスッと口元を扇子で隠してこちらを見つめてくる。

「いいえ、お礼を言われるほどのことでもありませんわ。ルートヴィヒ様とは昔から仲良くしていただいておりますもの、婚約者であるリリアーナ様と仲良くするのは当然です」

「ルートヴィヒ様と、そんなに昔からの仲なのですね」

「ええ、そうですわ。特別な仲です」

優位に立てる機会を得られたと思ったのか、ハンナはここぞとばかりにルートヴィヒとの思い出話をしてきた。

そのどれもが、仲がいいと豪語できるものはなく、またハンナが一方的に彼を追いかけまわしているものだった。ルートヴィヒからも話を聞いていたので、安易に想像ができる。

「そうでしたのね。ルートヴィヒ様のことを何も知らない私なんかが婚約者になるなんて、申し訳ないですわ。ハンナ様のほうがお詳しいのに……」

本当に申し訳なさそうな顔をすると、ハンナの目が鋭く光った。

「このあと城で一緒に暮らしますのに、私、ルートヴィヒ様のこと、何も知らなくて」

「……お城に？　婚前ですのに、もう一緒に暮らしますの？」

「ええ、ルートヴィヒ様がひとときも離れたくないとおっしゃって」

城で花嫁修業をしながら、結婚式まで過ごすのだと話す。

「実はその前にあの湖畔の別荘に行ってのんびりしようという話になりまして」

「おふたりでですか？」

「ええ。ですが、ルートヴィヒ様もお忙しい方なので、私が先に出て、三日後に合流する予定をしております」

「婚前旅行ということですね。とても素敵です」

それは喜ばしいと、ハンナは微笑んで見せた。

「明後日出発ですから、明日から準備をしなくては。大忙しになりそうです」

「楽しんできてください。そのあと、もっと大変になりますでしょうから、のんびりできるのも今のうちだけですわ」

最後、声が低くなり、何か含めたものを感じさせてくる。

浮かれていられるのも今のうちだとでも言っているかのよう。

「ええ、そうします。ありがとうございます」

勝ち誇ったような顔を一瞬見せたハンナは、またどこかへ去っていった。

その後姿を眺めていると、スッと隣にルートヴィヒが並ぶ。

「上手く挑発できたか？」

「はい。鈍くて、言葉の端々で相手の優位に立つ、ハンナ様の神経を逆撫でするような令嬢を演じきれたと思うのですけれど……うふふ」

「どうした？」

「いえ、それが悪役になり切る感じが案外楽しくて。癖になってしまいそうです」

思い出しただけで顔がにやけてしまう。

ずけずけと人にものを言うのが、こんなに気持ちがいいと思っていなかったのだ。

どうして今まで我慢していたのだろうと、損した気分になってしまうほどに、爽快だった。

「お前は少々ずけずけとものを言うくらいがちょうどいい。俺もお前の気持ちが分かりやすくなって助かる」

「私が悪役になってもよろしいのですか？」

「何が悪で何が善か。その判断は人によって違うものだ。お前が悪になったとしたら、俺が周りの見方を捻じ曲げて善に転じてやるさ」

たとえ、リリアーナがどんな人になっても、変わらない愛をもって全力で味方をする。

ルートヴィヒの揺るぎない愛を感じて、愛おしさがこみ上げてきた。

「上手く動き出してくれるといいですね」

「そう願おう」


「それでは、行ってきますね」

二日後、リリアーナはふたたび家族に別れを告げていた。

馬車の前までお見送りに来てくれた父と母、そして弟に向けてにこやかに挨拶をする。

前回は、ひとりぼっちの出立だった。

でも、今回は皆に祝福された門出だ。

「気を付けて行ってくるのよ」

「ええ、ありがとう」

母が抱き締めてくれて、別れを惜しむ。遊びに行ってもいいですか？　と聞いてくる弟にも頬にキスをして「待っているわ」と答えた。

リリアーナを乗せた馬車は、ゆっくりと動き出し、湖畔の別荘へと向かっていく。

客車の窓から手を振った。家族の姿が見えなくなるまで。

王都を下り、大きな街道を走る。窓から望む風景を楽しんでいると、馬車はあのリリアーナが迷った挙句に足を滑らせて転げ落ちた道に差し掛かった。

（ここでルートヴィヒ様と再会したのよね）

あれから時間が経ったが、そのときことは今でも鮮明に覚えている。

誰も通りかからず、助けの声も届かず、聞こえてくるのは獣の鳴き声だけ。

こんなところで死んでしまうのか、やはり自分にはこんな終わり方しかないのかと絶望していたときに、馬に乗ったルートヴィヒが助けてくれた。

通りがかりの親切な人が手を差し伸べてくれたと思ったのだが、まさか彼だったとは。

何の因果かそれとも運命かと驚いたものだった。

辻馬車が動かなくなったことも足を滑らせたこともとんでもない不幸だと嘆いたが、その実、幸運だったのかもしれない。

きっと、あのときルートヴィヒに会えなければ今こんな気持ちでいられなかっただろうから。

運命を分かち合うこともなかったかもしれない。

互いに違う方向を見て、ひたすら走っていただけ。

もうひとりでひた走ることがないと分かった今、こんなにも穏やかだ。

満たされて、どんなことにも立ち向かえる。

「――来ました」

駁者がコンコンと客車をノックし、知らせてくれる。

いよいよだとリリアーナは大きく息を吸って、そして吐いた。

馬車は急激に速度を落とし停車する。外から喧騒が聞こえてきて、リリアーナは膝の上に置いた手をギュッと握り締めた。

争う声と、脅す声。

馬車が襲われているのは明らかだった。

二度目のループのときも同じように襲われ、そして殺された。

屈強な男は片手に剣を持ち、客車の扉を開ける。

彼らはリリアーナを見つけた途端に歓喜の表情を浮かべ、一切の躊躇いもなくこの胸に剣を突き立てたのだ。あの衝撃と、あとから襲ってきた痛み、命が流れていく感覚は忘れられない。

脳裏に蘇って、身体から血の気が引いていくのが分かった。

手が震え、指先も冷たい。酩酊（めいてい）感が襲ってきて、息も浅くなってくる。

ガチャ。

客車の扉が開く音がして、リリアーナは咄嗟に目をきつく閉じた。

——だが、扉が開き切る前に、リリアーナの目の前を誰かが過（よ）ぎり、扉を蹴破る。

突然内側から勢いよく開けられた挙句、扉越しに蹴られた輩は無様な悲鳴をあげて地面にひっくり返った。

「な、なんだ！」

何が起こったか理解できない男たちは、驚きの声を上げる。

そんな中、たったひとり、ルートヴィヒが腰に佩いた剣を鞘（さや）から抜き、男の眼前に突き付けた。

「リリアーナを殺させはしない、——もう二度と」

憤怒の色に染まった声は、男たちを震え上がらせる。

慌てふためき、叫んでいた。

「女ひとりだって話だったろ！　俺だって何でこんな待ち伏せされていたのか……！」

「し、知らねぇよ！」

男たちは馬車にはリリアーナひとりが乗っていて、楽に殺せると思ったのだろう。

ところが実際に襲ってみれば馬車の中にはルートヴィヒがいて、返り討ちに遭う。

こんなはずではなかったと、ちらほらと逃げ出す者も出てきた。

「逃がすな！　必ず全員捕らえろ！」

密かに馬車の後ろをついてきていた兵士たちにルートヴィヒが命令すると、彼らはサッと現れて次々と男たちを捕まえては縄を括りつけている。

その鮮やかな手際に、リリアーナは目を丸くして見ていることしかできなかった。

「もう出てきても大丈夫だ」

ルートヴィヒの言葉に、リリアーナは馬車から恐る恐る降りる。

だが、足が竦んでうまく動かなかった。

すると、ルートヴィヒがやってきて、リリアーナを抱き上げてくれた。

「平気か？　もし無理そうなら、馬車の中で待っていてくれていい」

「大丈夫です。私も立ち会います」

地面に下ろしてもらい、ルートヴィヒに手を引かれながら襲ってきた男たちの目の前までやってきた。

後ろ手に縄を着けられ、足首も縛られた男たちはこちらを睨み付ける。

リリアーナは彼らの眼光に怯んでしまったが、ルートヴィヒが庇うように前に出て、男たちを見下ろした。

「さて、お前たちが誰に頼まれてこんなことをやったのか、すべて吐いてもらおうか」

「はぁ？　俺たちは偶然通りがかった高そうな馬車を見て、少し金目のものを拝借しようとしただけだぜ？」

あくまで強気な口調を崩さないリーダー格の男は、馬車を襲ったのは偶然だと言い張る。誰かに頼まれたわけではないと。

「それは苦しい言い訳だな。先ほど、あの男が『女ひとりだったはずだろう』と言っていたが？誰が乗っているか知っているからこその言葉だろう？」

ルートヴィヒに指さされた男は、ぎくりと肩を震わせた。

「だいたい、誰がお前らに依頼したのかは分かっている。必要なのはお前たちの証言だ」

十中八九、依頼主はハンナだ。

夜会の日、煽るだけ煽られ矜持を傷つけられた彼女は、怒りのままにリリアーナを害そうと計画したのだろう。

金で動いてくれそうな男たちに頼んで、リリアーナがひとりになる時間を教えて、馬車の中にいる女を殺してほしいと。

頭に血が上ったハンナは、こちらが与えた情報に飛びついた。

馬車にひとりで乗る、確実な情報。

城に住むようになってしまっては、なかなか外に出てくることはない。その機を逃しては、殺せるときはもうなくなるだろう。

急いてことをし損じるとはまさにこのことだ。

罠を仕掛けられていると気付かず、まんまと刺客をリリアーナに差し向けてきた。

だが、実際はルートヴィヒも一緒に乗っていた上に護衛を付けさせ、一網打尽にして確実な証拠を得るために一芝居打ったのだ。

刺客を退けるだけではダメだ。

確実にハンナが依頼したという証拠を掴まなければならない。

憎らしい相手ではあるが、それでも侯爵令嬢。

証拠がないまま嫌疑をかけることはできない。

そんなことをしてしまえば、確実に家同士の争いになるだろう。

ハンナの家も娘を守るために全力で対抗するだろうし、リリアーナの父もそうだ。

だからこそ、男たちを生け捕りにして、証言を引き出すことが必要だった。

「さぁ、吐いてもらおうか」

「誰が……！」

リーダー格の男が拒否しようと身を乗り出すと、ザンっとルートヴィヒが剣を突き立てる。

「ひっ」

男の脚の間、小さな隙間をくぐるように剣の切っ先を地面に突き刺したのだ。

一歩間違えれば、脚を切り裂いていただろうルートヴィヒの所業に、男たちは青褪める。

「怒りのあまり、手元が狂うかもしれないな」

そうなったら、五体満足でいられるかどうか保証しない。

ルートヴィヒが冷笑を浮かべる。

結局、男は傷を負うこともなく、すべてを白状した。


「な、何ですか！　貴方たち！」

ハンナの悲鳴が屋敷の中に響き渡る。

突如屋敷の中に押し入ってきた兵士たちに驚き、声を荒げていた。

「ここがどこだかお分かり？　ターラント侯爵家の敷地に無断に立ち入るなど、許されることではなくてよ！」

兵士に囲まれて叫ぶ彼女は、必死に虚勢を張ろうとしていた。

ハンナの父も母も騒ぎを聞きつけて駆けつけ、大人数の兵士に囲まれている自分の娘を見て、ただごとではないと悟ったようだ。

顔色を変えて、娘を守るように躍り出る。

「何事だ！　ハンナが何をしたというのだ！」

「それについては俺が説明しよう」

そうルートヴィヒが声を上げると、兵士たちは彼に道を譲り始めた。

作り出された道を歩く彼の後ろにリリアーナもついていく。

ハンナへの糾弾の場に着いてこなくてもいい、待っていてくれれば必ず罪を認めさせてみせるとルートヴィヒは言ってくれたが、リリアーナが一緒に行きたいと申し出たのだ。

ようやく生き残ることができたのだ、決着を見届けたかった。

散々リリアーナを殺してきた、三回目のループにいたってはルートヴィヒをも巻き込んで殺した女の末路を、この目で見たい。

引導を渡すのはルートヴィヒであり、リリアーナでありたいと願った。

「ハンナ・ターラント、お前をリリアーナ・ドゥルイット侯爵令嬢殺害計画の首謀者として逮捕する」

「何だと⁉」

驚きの声を上げたのはハンナの父親だった。ハンナはまさかバレてしまうとは思わず、驚愕の顔をしている。

それどころか、リリアーナが生きてこの場に現れたことが信じられないらしく、こちらを凝視し続けていた。

自分の父親の怒鳴り声と、母親の悲鳴にようやく我に返ったハンナは、ギリッとリリアーナを睨み付ける。

「……嘘です……嘘ですわ！　そんなこと！　リリアーナ様がでっち上げたに決まっております！」

素直に自分の罪を認めることなく、声を張り上げてリリアーナが謀ったのだと言い放った。

「私がそんなことをするはずがないと、ルートヴィヒ様なら分かってくださいますでしょう？　私たちの仲に嫉妬して、リリアーナ様がそんな嘘を吐いたのです！　騙されてはなりませんわ！」

「お前が認めなくても証拠は挙がっている。リリアーナを襲った男たちはお前に頼まれたと証言した」

「だから、それこそがリリアーナ様の嘘なのです！　自分で男たちを雇って襲わせて、私に頼まれたと嘘を吐かせて……！」

「俺も襲われた現場に居合わせている。だから、お前のその説明には無理があるのは知っているぞ」

ルートヴィヒの言葉に、ハンナは衝撃を受けたような顔をする。

「……どうして……今日は城にいらっしゃるはずでは……」

無意識に口走った言葉がまずいものだと気付き、咄嗟に口を塞いだ。

だが、その場にいた誰しもが耳にしていて、今さら誤魔化したところで遅い。

それこそが、ハンナが計画を企てた証拠に他ならない。

「ハンナ様」

顔色を失くしてその場に立ち尽くすハンナに向かい、リリアーナが一歩足を踏み出す。

「今のお言葉がなくとも、あそこで私を襲う計画を立てられたのはハンナ様以外いないのです」

「……どういうこと？」

顔を引きつらせながら、ハンナがこちらを見遣る。

いつも、この人を美しく気高い令嬢だと思っていた。

性根が腐っていても、その美しさだけは損なわれないのだと。

でも今はどうだ。

罪を暴かれ見苦しく言い訳を繰り返す彼女は、いっそ無様だ。

醜く歪み、社交界の人気者と謳われたその人とは思えない。

「ハンナ様にだけお教えしました。私があの日別荘に行くことを」

「……え？」

「ハンナ様が帰られたあと、他のご令嬢には城に越す話しかしていません。私の家族も同様。あの日、私が別荘に行くと知っていたのは、私とルートヴィヒ様と、――そしてハンナ様しかいらっしゃらないのです」

他の誰でもない、ハンナが仕組んだという証拠だとリリアーナは言い放った。

紅を引いた唇を歪め、屈辱と怒りに震えるハンナは、なおもこちらを睨みつけていた。

リリアーナ相手に絶対に負けを認めたくない。彼女の瞳がそう物語っている。

「……穢れた血のくせに……」

すると、ハンナは低く唸るような声を出し、何かを言い始めた。

「……あんたなんか、ルートヴィヒ様にふさわしくない。……呪われた血を混ぜるなんてこと、絶対あってはならないのにっ！」

　興奮して叫び暴れる。

　両腕を振り回し、リリアーナに襲い掛かろうとしていたところを、ルートヴィヒが身を挺して守ってくれて、さらに兵士たちがハンナを取り押さえてくれていた。

　両腕を掴まれ、膝を折る彼女はなおもリリアーナに罵倒を浴びせかける。

「あんたじゃない！　ルートヴィヒ様の隣に並ぶのは！　愛されて守られて幸せな夫婦になるのは、あんたじゃなくて私！　私よ！　あんたが奪い取った！」

　目を血走らせ叫ぶハンナは、リリアーナを責めた。

　あんたが悪い、あんたが泥棒で、本当はハンナがいるはずだった立場に、卑怯な手を使ってすり替わったのだと。

「私の方がふさわしいの！　絶対にそう！　あの方もそうおっしゃっていた！　私しかルートヴィヒ様の妻にはなりえないと！」

「あの方……？」

　気になる言葉が出てきて、リリアーナは眉を顰めた。それはルートヴィヒも同じだったようで、身を乗り出す。

「誰だ。誰のことを言っている」

「ルートヴィヒ様！　私、貴方の妻にと認められて！」

「誰に！」

痺れを切らしたルートヴィヒが声を荒げた。

その迫力に気圧されたハンナは、唇を震わせて、掠れた声でその名を口にする。

「――ジョアン様です」

その場にいた全員が息を呑んだ。

「ジョアン様が私をわざわざお部屋に呼んで言ってくださったのですよ？　ルートヴィヒ様には
このハンナ・ターラントがふさわしいと！　何者もそれを邪魔することは許されないと」

ルートヴィヒに縋るような目を向け、ハンナは涙ながらに訴える。

すべてはジョアンがそう言ったから実行に移したまでだと。

そして、王太后に認められている自分こそが正しいのだと。

「王家の血統を汚す者は消すべきだと、それを成し遂げてこそ妻にふさわしい、血筋を守るのが
王族の女だと！　だから、私！」

「……もういい、連れていけ」

これ以上は聞いていられないとばかりに首を横に振ると、ルートヴィヒは兵士に命じてハンナ
を連れて行かせた。

「いやぁ！　どうして！　私が正しいのに！　私は王家の血を守るために！」

ハンナの悲鳴が遠ざかる。

ようやく聞こえなくなると、肩を落とし俯くルートヴィヒの背中に手を置いた。

「大丈夫ですか？　ルートヴィヒ様」

城の中に黒幕がいる、しかも自分たちのごく身近にと考えていたものの、実際その名を耳にするとショックが大きいようだ。

険しい顔をして立ち尽くしている彼の背中が切なくて、傷ついた心を慰めてあげたくて声をかけた。

するとと、寂しそうに微笑むルートヴィヒは、リリアーナを見つめて首を縦に振る。

「あの人は昔から血筋を守ることばかりにこだわっていて、外の人間を嫌っていた。ゆえに、我が国はほかの国から孤立し、弱体化の一途を歩んでいったというのに、それも理解できず……」

このままではいけない。もうこの国は変わらなくてはいけないのだと立ち上がったのが、ルートヴィヒと王太子だった。

だから、この真実はことさら彼にとっては堪える話だろう。

「大事なのは王家の血筋を守ることではなく、この国を支えてくれている国民の暮らしを守ることなのにな」

理想は、他人の理想とぶつかりやすい。

譲れず、理解されず、押し付けるだけでは不和を生むだけ。

どこかで折り合いをつけなければならないのだが、ジョアンは一切和解の姿勢を見せず、それどころかハンナを利用してリリアーナを排除しようとしていた。

どこまでも理解し合えないのは腹立たしくも、悲しい。

「今からでも遅くありません。一度ジョアン様とお話してみませんか？」

無駄かもしれない、分かり合えないかもしれない。

それでもただ最初から敵対するよりはいい。

悲しい真実が飛び出ても、決着をつけられるのであれば、甘んじてその痛みを受け入れるのもまた道だ。そのときにもリリアーナは隣にいるのだから。

「ああ……そうだな。俺もあの人が何を考えてここまでしたのか、改めて知る必要がある」

「はい。私も一緒に」

リリアーナが寄り添うと、ルートヴィヒは小さく「ありがとう」と伝えてくる。

その声がいつになく弱々しくて、リリアーナの耳に切なく響いた。

第六章

王太后・ジョアンは、先代王に嫁ぐ前から有名だった。

苛烈で厳正、自分にも他人にも厳しく、ときにそれは横暴ささえ垣間見える。

彼女もまた建国時より国を支えた侯爵家の生まれであり、その血筋を買われて先代王に嫁ぐことになった。

ところが、彼女の苛烈な性格は先代王に疎まれ、遠ざけられることになる。

国王夫妻は不仲であるという噂が流れ、それを証明するかのように、先代王は愛妾をつくり毎夜足しげく通っていた。

だが、王妃の地位にありながらも見向きもされず、挙句の果てにはほかの女性に夫を取られるなど我慢ならなかったジョアンは、ある夜、先代王をベッドに縛り付け、無理やりことに及ぶ。

それが実って生まれたのが現王であり、ルートヴィヒの父親だった。

ジョアンはことあるごとに口にしていたという。

『私が王家の血を守ったのよ。薄汚い血が混じるのを阻止したの』

まるで誇りであるかのように。

「結局祖母は祖父に恐れられ、そして疎まれ、ふたりの仲は改善しないまま祖父は亡くなった。父も何かと政に口を出す祖母の存在が脅威となり、余計な派閥を生む前に祖母を離宮に追いやったんだ」

彼女の影響力は、城の中に長く轟いた。

払拭するのも時間がかかったらしい。

離宮に追いやられてさすがに大人しくなったのだが、それでも結婚となると途端に口を出してくる。

実際、王太子の婚約者を決めるときも相当苦労したようだ。

今回、ルートヴィヒの婚約者にリリアーナを選んだのは、諸外国と積極的に取引をしているリリアーナの父と手を結ぶためであるが、それとは別に、ジョアンが根強く守ろうとしていた閉鎖的な政策から脱却する意味合いも含まれていたのだ。

「俺は祖父に似ているのだそうだ。黒髪に紫の瞳、顔立ちも。だからこそ、あの人は俺にことさら厳しかった」

いずれは国を率いるはずの王太子に対してよりも、ルートヴィヒに目を光らせていたらしい。

たしかに、肖像画の先代王はルートヴィヒにそっくりだった。

「それもあって、苦手だったのですか?」

リリアーナはジョアンに会ったことはないが、ルートヴィヒから話はときおり聞いていた。

そして、別荘での一件。

口数が少なくなり、話を切り替えてしまうので、苦手なのではないかと気を遣ってリリアーナもあまりジョアンのことは話題に出していなかった。

「俺が幼い頃に離宮に行ってしまい、あまり顔を突き合わせることはなかったが、それでも会えて嬉しいと喜べるような相手ではなかったな」

明言を避けているが、やはりそうなのだろう。

ジョアンと対峙するために、離宮に向かっている最中だが、おそらくルートヴィヒにとって苦しい対面になる。

離宮は王都のはずれ、水が張った堀に囲まれたところにある大きな屋敷だ。

馬車から降りて、ふたりで見上げる。

「今度こそ、完全決着したいですね」

「ああ、そうだな」

どんな結果になろうとも、これはふたりにとっては前進だ。

ループを断ち切れるか分からない。その原因すらいまだに判明していないのだから。

でも、たとえまたループしたとしても、この生は幸せだったとはっきり言える。

今までにないくらいの多幸感を得られたのだと。

「ルートヴィヒ様、お待ちください！　ジョアン様のお許しが出ておりません！」

離宮の中に入ると、案の定、使用人たちが引き留めにかかってきた。

手紙でお伺いを立てても、礼儀を尽くして訪問しても、いつもけんもほろろに追い返されていた。だから、今回は多少強引に突き進むしかない。

そうでなければ、いつまでもジョアンには会えなかった。

ルートヴィヒは、離宮の管理人らしき男に書状を見せて、睥睨(へいげい)する。

「国王陛下の許可はもらっている。——それに、これが見えるか？」

「……これは」

「我が婚約者・リリアーナ・ドゥルイットの殺害未遂、及びにドゥルイット侯爵が他国と通じていたとする証拠を偽造した疑いについて、祖母が疑いをかけられている。その申し開きを聞きに来た。……邪魔をするな」

ルートヴィヒが並びたてた言葉に恐れをなしたのか、管理人の男はゆっくりと上げた手を下ろし、うなだれた。

「ジョアン様は、お会いにならないかもしれません」

「なら、扉を蹴破るだけだ」

それでも会う必要があるのだと告げると、男はジョアンの部屋まで案内してくれた。

薔薇の模様が彫られた扉を、男は静かにノックする。

「ジョアン様、ルートヴィヒ様がお越しになっておられます。……誰も通さぬようにと命じられておりましたが、陛下の命令もあり拒否できないようです」

「——いいわ、通しなさい」

扉の向こうからはっきりとした口調のジョアンの声が聞こえてきた。

緊張が高まり早鐘を打つ胸を手で押さえながら、開かれていく扉を見つめていた。

「いらっしゃい。久しぶりね、ルートヴィヒ」

スッと背筋を伸ばし、美しい姿勢で立つ白髪交じりの貴婦人。

視線は鋭く、皺が深く刻まれた口元は下がって厳格に見せる。

雰囲気だけで圧倒されそうなほどに存在感のあるその人こそが、ルートヴィヒの祖母であり、すべての元凶であるジョアンだった。

「お久しぶりです、祖母上」

ルートヴィヒが恭しくお辞儀をするのに続き、リリアーナも淑女の礼をとる。

すると、目を瞠ったあとに、ふいと目を反らした。

視界に入れるのも不快だとばかりに。

「会いに来るにしても、その赤髪の女を連れてくるとは」

そして、最初から容赦のない言葉でリリアーナを拒絶するのだ。

「リリアーナは俺の大切な人であり、近い将来伴侶となる人間だ。そのような物言いはやめていただきたい」

「伴侶……まだそのようなことを言っているのね。貴方は何も分かっていないわ、ルートヴィヒ。私がふさわしい女性を見つけてあげますから、今すぐに私の前からその女を消しなさい」

「必要ありません」

ジョアンの言葉を真っ向から否定すると、しばしふたりは睨み合った。

だが、睨み合っただけでは何も解決しないと、ルートヴィヒの方から口を開く。

不快さを押し隠し、説得するように冷静な口調で。

「リリアーナは髪の色こそ赤いが、母親の祖母が他国の人間であるというだけで、ほぼ血筋としてはこの国の人間だ。容姿が違うからと言ってそこまで拒絶する理由にはならないはずだ」

「容姿だけの問題ではないのよ」

「では、他にどんな問題があるのです。もう時代は変わった。この国も変わろうとしている。それなのに、貴女は古い考えに囚われたままでいるのか」

「お黙りなさい！」

突如ジョアンは激高し、テーブルの上にあったものを薙ぎ払った。

「私がどんな思いをして貴方に流れる尊い血を守ったと思うの！　卑しい身分の女に入れ込んでいた陛下の目を覚ましてあげなければ、その血は穢れていたのよ！」

「貴女の苦労は知っている。だが、今はその話は関係ないだろう」

「ルートヴィヒ、お前は陛下そっくりだもの。私がしっかりと管理してあげないとまた同じ過ちを犯すでしょう！　現にその通りになっているじゃない！」

冷静に話をしていたルートヴィヒの顔が途端に歪む。

「祖父上と見た目が同じだからと、人間性まで同じだと決めつけるな」

冗談じゃないと吐き捨てた。

ところが、ジョアンはルートヴィヒの言葉を聞いた途端に目を見開いて、動きを止めた。

まるで、とんでもないようなものを見るかのような瞳は、何故か恐怖に染まっている。

ゆらりと幽鬼のように身体を揺らしたジョアンは不意にルートヴィヒの襟を掴み、顔を近づけてきた。

「――分からないの？　それこそが、あの女の呪いなの。あの異国の女が私を呪い、貴方を呪い、あの赤髪の女を遣わした……っ」

「……それは、どういうことだ」

呪いだとジョアンは言う。

しかも、リリアーナを指して。

彼女こそがそれをもたらしているのだと。

何のことか身に覚えがないが、ジョアンの鬼気迫る表情にただならぬものを感じてぞっと背中に悪寒を走らせる。

今まで、リリアーナの赤い髪が気に食わなくて反対しているのかと思ったが、もしかしてもっと違う理由があるのだろうか。

ルートヴィヒも知らない、ジョアンだけが知る何かが。

「ジョアン様、呪いとはどういうことですか？」

口を挟める雰囲気ではなかったが、それでも気になり一歩足を踏み出す。

もし、彼女の言う呪いがリリアーナに関係しているのならば、聞いておかなければならない。

そうでなければ、誤解を解くことも、話し合いもままならないだろう。

「近寄るな！　私にまた呪いをかけるつもりだろう！」

「呪いなんて、私はそんなこと」

そんなことできるはずがないと説得しようとしたが、ジョアンは恐れるばかりで耳を傾けようともしなかった。

ルートヴィヒにしがみ付き、慄いている。

「私がお前の子を取り上げたのは、すべて王家の血筋を守るためよ！　ああするしかなかったの！　それなのに、あんなこと……呪いをかけるなんてこと……」

「祖母上、落ち着いてください」

ふたりがかりで宥めようとしたが、リリアーナが近づくだけで恐慌状態になってしまうためこれ以上は近づけなかった。

代わりにルートヴィヒがジョアンの背中を撫で、落ち着かせる。

ようやく呼吸が整ってきたところで、彼は再度問いかけた。

「呪いとはいったい何だ。すべてを話してくれ、祖母上」

もうこれ以上は意味が分からない言葉を聞くつもりはない。

ルートヴィヒは有無を言わさぬ強さでジョアンに答えを求める。

すると、彼女も観念したのかゆっくりと口を開いた。

「……もう五十年以上前になるわ。この国にある国の王がやってきたの。その王は、占術師を連れていて、彼女もまた城にやってきた。――赤い髪が美しい女性だったわ」

当時は今のように国は閉鎖的ではなく、他国との交流もある程度はあったようだ。賓客がやってきてはもてなしたり、他国の品が入ってきたりもしていた。

今では考えられないような風景は、まさに父やルートヴィヒが取り戻そうとしているものだ。

「先代王は、その占術師を酷く気に入り、譲ってくれないかと必死に頼み込んでいたわ。私が止めるのも聞かずに、あの女が欲しいと」

その熱意に負けたのか、占術師は先代王のもとに残ることになった。

最初こそ、占いをしてもらうだけの関係だったが、いつしか変わっていったのがジョアンには分かったそうだ。

男女の仲になった先代王と占術師は、ジョアンに隠れて密通を重ねた。

「気づいたときには、あの女のお腹の中に子どもが……」

王家に卑しい血を入れるわけにはいかない。

ジョアンは占術師を幽閉し、そこで人知れず出産させた。

そして、生まれた子どもを取り上げ、遠くの孤児院に入れて隠蔽したのだ。

「子どもを奪われたあの女が私に叫んだの。『呪ってやる』と。お前の血ごと、その血を引く子どもごと、すべて。そう言って何か呪文のようなものを唱えた女は、こと切れて死んでしまった」

不気味な光景だったとジョアンは話す。

今思い返しても、占術師は正気を失っていて恐ろしかったと。

「どうせ世迷言だと自分に言い聞かせたわ。あの女の占いはよく当たったけれど、そんな呪いめいた力などないと」

けれども、占術師の最期の言葉が忘れられなかったジョアンは、焦燥感に駆られ始める。

嘘か真か分からぬことに振り回されるのも嫌で、不安を振り切るように先代王の上に乗り、子作りを始めて高貴な血筋を繋いだ。

どんな災いが降りかかってくるのだろうと不安に思っていたジョアンだったが、のちに疎まれ離宮に追いやられることになる。

この程度の呪いならば耐えられると離宮で忍ぶ日々であったが、ルートヴィヒの婚約者にリリアーナが決まったと聞いたときに、愕然(がくぜん)としたのだという。

「ドゥルイット侯爵の娘が赤い髪の令嬢だと聞いて、あの占術師の呪いが続いていると気づいたの。やはりあの死に際の言葉は、嘘ではなかったと」

ジョアンは、声を震わせながらリリアーナを指す。

その証拠に、リリアーナの顔は占術師にそっくりなのだと言う。

先ほど現れたとき、悪夢を見ているのかと自分の目を疑ったが、同時にやはりと確信した部分もあったのだと。

「呪いの言葉を吐くだけでは飽き足らず、あの女の子孫がルートヴィヒに近づいて、王家を呪おうとしている。この国に災いをもたらし、私が必死に守ろうとしたものを壊そうとしたのよ！　だから、殺さなきゃ！　根絶やしにしなくては！」

だから、父を陥れ、一家諸共処刑にした。

占術師の血が残らないよう、王家に二度と近づけないように。

それが失敗すると、ハンナを唆してリリアーナを排除するように仕向けた。いっそのこと、この世から消えた方が国のためだとも耳元で囁いて。

「分かるでしょう？ ルートヴィヒ、貴方はあの娘と結婚してはいけない。不幸をもたらし、必ず貴方を不幸にする。いつか後悔するときが来るわ」

大人しくハンナと結婚した方が身のためだ。

リリアーナはこちらで始末しておく。

だから、言うことを聞きなさい。

ジョアンはルートヴィヒに真剣に訴え、それが正しいのだと信じてやまない様子だった。

「……馬鹿馬鹿しい。俺たちは、リリアーナは貴方たちの尻拭いのためにあんな目に遭ってきたというのか」

だが、ルートヴィヒにとっては理解しがたい話だったのだろう。

呪われているとか、そんな話を簡単に信じられるわけがない。

ジョアンの妄言にも思えた。

「たとえ呪われていたとしても、俺はリリアーナと一緒にいられるのであればそれでも構わない。呪いごとリリアーナのすべてを受け止め、生涯愛し抜く。祖母上がどう思おうと、邪魔をしようと関係なくな」

「ルートヴィヒ！」

服を掴まれていたジョアンの手を離し、ルートヴィヒはスッと立ち上がる。

縋るような眼を向ける彼女に、彼は冷ややかな視線を向けた。

「それに、リリアーナが俺にくれるのは呪いではなく、喜びだ。幸福と未来。それだけはたとえその占術師が呪おうとも変えられない」

ジョアンに背を向け、リリアーナの隣に並んだルートヴィヒは手を取り固く繋ぐ。

「追って貴女の処分は言い渡されるでしょう。それまで、その呪いとやらに震えているといい」

「いや！　待って！　待ちなさいルートヴィヒ！」

部屋を出てもジョアンの叫び声が届いてきた。


取り乱したジョアンを落ち着かせ、これからは兵士を配置し、処遇が決まるまで軟禁状態になると離宮の管理人に告げると、彼は震え始めた。

ジョアンはどうしても罪を免れないのかと聞いてくるので、彼女の所業はつまびらかになっているし、自供もあるから無理だろうとルートヴィヒは冷たく言い放った。

すると、管理人は告白し始めた。

指示はジョアンがしていたが、実行役は自分だと、自ら言い出したのだ。

「ルートヴィヒ様が赤い髪のご令嬢と結婚すると聞いてからというもの、ジョアン様の様子がおかしくなりました」

絶対にそんなことは許してはならないと激高し、必ず阻止しなくてはならないと、どこか使命感に駆られたような顔をしていた。

「ジョアン様は私に命じて、ドゥルイット侯爵が国を売った大罪を働いたかのように見せるようにと命じられ……金に困っている役人を買収し、偽造された証拠を仕込ませました」

その役人は、病気の息子を救うため高額の治療費を必要としており、金を払う代わりに手を染めた。

ルートヴィヒがどれほど尋問しても口を開かなかったのは、もし口を割ってしまった場合、継続的な治療費の援助を取りやめると言われていたためだった。

命を賭してでも息子を救おうとした父としての想いから、一心に口を閉ざし続けていたのだ。

「結局それも失敗し、社交の場で婚約が発表され、いよいよ追い詰められたジョアン様は、ハンナ嬢を呼び寄せて唆すような言葉を言われたのです」

ハンナがルートヴィヒの伴侶としてふさわしい。あんな髪の色をした女ではなく、本来なら貴女が選ばれるべき。

『王家の血筋を守るのもまた、伴侶としての務め。その覚悟があるのであれば、どんな手を使ってでもルートヴィヒを正しい道に導きなさない』

――たとえば、リリアーナを亡き者にするのも手よ、と。

「私が拒んでいれば、あるいは止めていればここまでのことには……」

「だが、結局お前は実行に移した。それがすべてだろう」

「言い逃れもできません……」

涙を流し、罪の告白をした男は、王の前で自分の罪をすべて告白すると言ってきた。

ジョアンに命じられたこともすべてつまびらかにすると。

それにより、国王がどんな判断を下すか分からないが、おそらくジョアンにも何かしらの処罰が下されることになるだろう。

離宮ではない、どこかに幽閉するのが妥当ではないかとルートヴィヒは話す。

これまでの話を総合するに、一回目のときにドゥルイット侯爵家を一家断絶に追いやったのはジョアン。

二回目の強盗、三回目の輩を仕向けたのはジョアンに唆されたハンナの仕業だと推測できた。

「では、四回目、私が修道院で毒殺されたのは……」

「おそらく祖母上だろうな。お前が俺のもとを去っても、呪いを完全に絶つべく動いたのだろう」

つまり、すべてジョアンが占術師の呪いを恐れての凶行だったのだろう。

のちほどハンナの処遇について聞いたが、未遂だったこと、ジョアンが唆したこと、リリアーナたちがハンナが何をしでかすか分かっていたうえで待ち構えていたこと。

それと逮捕後は協力的だったこと、父親であるターラント侯爵の嘆願もあり、修道院に送られることになった。

あのネリーモンテの修道院に行くそうだ。

かつてリリアーナが行き、四回目の人生の幕を下ろした場所に。

「皮肉なものですね」

「彼女もまた、己の罪と向き合うことが必要だからな。まぁ、俺としては何度もお前を殺されたことを考えるとぬるいものだが……」

「でも、今回は殺されませんでしたしね。今までのことは私たちしか知らない。仕方ありません」

時が戻った時点で、ハンナの罪もなくなってしまったのだから、彼女に与えられる罰にも限度があった。

それでも、リリアーナは達成感でいっぱいだ。

ようやくふたりを苦しめていた人たちを捕らえることができたのだから。

「結局、私たちが時を巡ったのも、占術師の呪いなのでしょうか」

結果的に丸く収まったものの、ジョアンのリリアーナが呪いをもたらすという言葉が引っかかってしまった。

実際、ルートヴィヒも散々酷い目に遭ってきた。

それは呪いにも似たものではないだろうかと。

「そうか？　俺は、呪いではないと思っている。もっと違う、俺たちを助けてくれる何かだと。こうやってお前を救えたのは、そのおかげだ」

呪い云々（うんぬん）の話は、ジョアンの罪悪感が見せた幻だろうとルートヴィヒは言う。

「すべてあの人が自分で招いたことだ。他国との交流を絶ったのも、あの人が勝手に妄想を膨らませて、不貞の負い目のある先代王に従わせた結果だ」

「不貞をした先代王にも非はあったでしょうに」

もとはと言えば、先代王が占術師と関係を持たなければ、ジョアンもあそこまでにならなかっただろうに。

もっと違った未来があったのかもと思ってしまう。

「ひとつ道を踏み外しただけで坂道を転げ落ちてしまう。人生とはそんなものなんだろうな。まぁ、先代王も祖母上に絞られ監視され、俺が覚えている祖父はお世辞にも幸せそうには見えなかった」

「自業自得、と故人に言ってもいいのでしょうか」

「構わないだろう。まさにその通りだからな」

ルートヴィヒはクックッと笑う。

リリアーナもつられて苦笑いを浮かべていた。

「これで少しは周りを警戒することなく、一緒にお出かけできますでしょうか」

ジョアンと管理人の男を兵士に引き渡したあと、馬車で城に向かう最中、リリアーナは思い返したかのように聞いた。

一回目のときはよくふたりで出かけたものだが、二回目以降そんな暇もなく殺されていた。

そんなリリアーナにとっては遠い昔のことのよう。

またふたりでデートができたら。

淡い期待は常に胸の中にあった。

「そうだな。まぁ、警戒は怠らないに越したことはないが、それでも前よりは自由に動けるだろう」

「本当ですか？　嬉しい。またたくさんデートしたいです」

子どものように喜ぶと、ルートヴィヒはリリアーナのつむじにキスをする。

可愛くて仕方がないといった顔でこちらを見つめてきた。

「どこに行きたい？」

「そうですね……いろいろありすぎて迷ってしまいます。ルートヴィヒ様は？」

どこも楽しい思い出ばかりで決められない。

ルートヴィヒの意見も聞いてみたくて聞き返すと、彼は目元を和らげて答えた。

「あのティーサロンに行きたい。覚えているか？　お前が初めて自分から行きたいと言った場所だ」

「忘れるわけがないです。……忘れられません」

「また行こう、あそこへ」

「はい、ぜひ」

またふたりで楽しい思い出をつくっていこう。

呪いなどないのだと、証明するように。

この先の人生が、幸せで満ち溢（みあふ）れるように。

「素敵」

リリアーナは鏡に映る自分自身を見つめ、くしゃりと泣きそうな顔になってしまった。

純白のドレス、真っ白なヴェール。

ようやく夢見ていたその日を迎えることができて、胸がいっぱいになってしまったのだ。

もう無理かもしれないと何度思ったか分からない。

当たり前だと思っていた幸せは、自分には訪れないのだと諦めかけたりもした。

でも今、ルートヴィヒとの結婚式を控え、花嫁衣裳を身にまとっている自分がいる。

これから神の前で永遠の愛を誓い、夫婦となるのだ。

思わず泣いてしまいそうになるのを堪え、必死に涙を呑んだ。

今涙を流してしまったら、せっかく綺麗にお化粧をしてもらったのに剥げてしまう。

「うっとりしてしまうわね。いつまでも眺めていたいくらい」

母も鏡の中を覗き込み、嬉しそうにリリアーナの肩に手を置いた。

「ありがとう、お母様」

リリアーナも思わず嬉しくなってしまう。

結婚式を迎えるにあたって、随分と母には気苦労をかけた。リリアーナのために心を痛めてくれたし、奔走もしてくれたのだ。

というのも、ジョアンの一件が発覚したあと少し状況が変わってきた。

前代未聞の王太后による暗殺未遂事件は、話し合いの結果、公にしないと決定した。

周知させることで、積極外交反対派の連中を刺激してしまうと考えたためだ。どんな影響が出るか予測できない。

ゆえに秘密裏に処理をし、今回の件は一切他言無用だと王に命じられた。

だが、命を狙われたことは両親の耳に入れざるを得なく、随分と心配されてしまった。

父に関しては、もう少しで売国奴にでっち上げられるところだったと聞いて、相当驚いていた。

それを事前に阻止してくれたルートヴィヒに深く感謝をし、ふたりの絆はさらに深まっていったように見える。

こういう経緯もあり、ルートヴィヒとリリアーナの結婚を早めた方がいいのではないかということになったのだ。

また狙ってくる輩が現れるかもしれない。

そうなる前に、両家の結びつきを深めた方がいいだろうと。

また、ルートヴィヒも結婚を早めることを強く望んでいた。

リリアーナも同じだ。早められるのであればいくらでも早い方がいい。

皆の意見が一致し、一年後に控えていた結婚式を急遽（きゅうきょ）三か月後に早め、大慌てで準備に取り掛かることになった。

嫁入り準備にはあまりにも短い期間ではあったが、母が協力を惜しまなかった。

王妃も同じで、できることは何でもするので言ってほしいと申し出てくれた。

リリアーナ自身も花嫁修業と並行して結婚式の準備をしていたので、目まぐるしい毎日ではあったのだが、夢の日に向かっていると思うと楽しくて仕方がない。

三か月は実にあっという間で、気が付いたら結婚式当日。

いろんな人に支えられて結婚式を実現することができて、感無量だ。

どんなお礼の言葉も、この感謝の気持ちを言い表すことができないと思った。

「この髪のせいで苦労をかけてしまったから、貴女がルートヴィヒ様という最高の伴侶を得ることができてとても嬉しいわ。……安堵もしているの」

「赤い髪で生まれてきたのは、お母様のせいではないでしょう?」

ジョアンの話を聞いたあとに、母に聞いてみたのだ。

他国の人間であった、曾祖母のことを。

もしかしたら、ジョアンが言っていた占術師の子どもがリリアーナの祖母だとしたら。

奇妙な縁ではあるが、その可能性は否めなかった。

祖母は孤児だったためにその母親のことは分からないが、顔立ちがこの国のものとは違って見えたので、もしかしたら他国の血が入っているのではないかと言われていた。

ただ、髪や目の色はこの国の者と同じなので、真偽のほどは分からなかった。

その後、祖母はその器量のよさから子どもがいない裕福な夫婦に引き取られる。

大人になり結婚した祖母が母を生み、母は父に見初められて結婚したのだという。

リリアーナが赤い髪を持って生まれてきたために、やはり曽祖母は他国の人間だったのだと、母は自分のルーツを知ったのだとか。

そうすると、やはりジョアンが言っていたのはあながち間違いではなかったのかもしれない。

リリアーナが占術師に似ていたのは、実際にその血を引いていて、巡り巡って彼女の前に現れた。それが果たして何の因果は分からないが。

だが、たとえ占術師の呪いの一部だったとしても、ルートヴィヒの言った通りそれでも構わない。

誰よりも愛おしい人に出会えたのだから。

——今日、ルートヴィヒの妻になる。

ずっと待ち焦がれていた瞬間が訪れるのだ。

教会の祭壇の前で差し出されたルートヴィヒの手を取り、彼の目の前に立つ。

「ルートヴィヒ様」

「綺麗だ、リリアーナ」

神の前で口にした誓いの言葉は、もうとっくの昔にふたりで誓い合ったもの。

生涯愛すること。

どんなときもこの愛は潰えないこと。

ふたりで困難を乗り越え、ふたりで喜びを分かち合う。

そして、人生の幕が下りるその瞬間、幸せだったと笑えるような、そんな生をまっとうできるように誓い合う。

愛の誓いを封じ込めるキスは、身体中が蕩けてしまうほどに甘く、幸せに満ちたものだった。

「まだ宴の最中なのに大丈夫なのでしょうか」

「いいに決まっている。これで引き止めたら野暮というものだろう」

リリアーナを横抱きしながら歩くルートヴィヒに、心配になって聞いてみたが、彼は構わないと返してきた。そういうものなのだと。

結婚式後の宴の席を乾杯早々に抜け出してきたのだ。

ルートヴィヒがリリアーナを突然抱き上げ、「我々はこれで失礼する」と皆に告げて。

もちろん、会場は騒然となったし、囃(はや)し立(た)てるような声も聞こえてきたが、ルートヴィヒはそれを無視して寝室へと向かっていった。

「悪いがもう待ちきれない。ずっと我慢していたんだ、このくらいの心逸(はや)りは許してくれ」

抜け出してもいいのかと聞いておきながらも、リリアーナもやぶさかではないと思っている。

身体が高揚し、心が期待に膨らんでいた。

今一度、ルートヴィヒのあの熱さを感じられるのだと。

「私も、早く……ふたりきりになりたかったです」

彼の首に抱き着き、正直な気持ちを口にする。

自分の逸る気持ちを宥めるためなのか、ルートヴィヒはリリアーナの顔じゅうにキスをしながら寝室の扉を開け放った。

少し荒々しくベッドに投げ出されると、後ろから覆いかぶさられる。

うなじに吸い付かれ、ふるりと身体を震わせると、彼は花嫁衣裳の背中の紐を解き始めた。

「……ふぅ……ンんっン……あっ……んぁ」

きっと口づけの痕がたくさんついてしまっているだろう。

そう想像ができてしまうほどにうなじにキスをされている。ちゅう……と音がするほどに強く吸い付かれ、その痕を舐めるように舌を這わせ、甘噛みもされた。

「お前の弱いところ、また見つかってしまったな」

まだ知らない弱点を見つけることができて嬉しいのか、ルートヴィヒは興奮した声を出していた。ついでにもうひとつの弱点である耳に息を吹きかけてくる。

ドレスが脱げ、コルセットも緩められると、彼の手はリリアーナのふくよかな胸を弄んできた。

柔らかさを堪能するようにゆっくりと揉みしだき、手の中で形を変えるそれを楽しむ。

胸の頂もキュッと摘まれ引っ張られると、胸をせり出すように身体を捩らせた。

それによりさらに後ろから抱き着かれて、甘く虐められる。

「どこもかしこも触るといい反応をする。弱いところがたくさんあって可愛がり甲斐があって、どこを愛でてやろうか迷ってしまうな」

「……私が弱いのではなくて……ンぁっ……ルー……トヴィヒ様が、気持ちよくするから……」

「俺が触れればどこまでも乱れてくれるのか、お前は。——なら、今宵は思う存分乱してやる。夜が明けるまで俺の下で可愛く啼いてくれ」

今夜は長い夜になりそう。

ルートヴィヒの熱さに浮かされて、言葉の甘さに翻弄されて、快楽に呑まれて。

きっと朝日がこの部屋に差し込むころには、リリアーナは幸せな気怠さを味わうのだろう。

「……あっ……うぅン……はぁ……あっ……あぁっ」

爪で乳首をカリカリと引っ掻かれ、捻るように摘まれて。その間もうなじを攻められて。

もうそれだけで脚の力がなくなっていき、膝立ちになりながら愛撫を受けているリリアーナは崩れ落ちそうになっていく。

「……リリアーナ」

それを見ていっそのこと崩してやろうとしているのか、ルートヴィヒは耳朶を食み、くちゅくちゅと転がす。硬く勃ち上がった乳首も指の腹で擦り、徐々に追い詰めてきた。

がくりと体勢を崩し、前のめりになってベッドに両手を突く。

すでに上がってしまっている息を整えようと深呼吸をしていると、スカートを捲り上げられお尻を露わにされてしまった。

下着越しに丸みを撫でられると、リリアーナは肩を震わせた。

顎の前に両手を置き、身体をすくませる。

見えない分、何をされるか分からず、不安と期待が入り混じった。

「……ン……はっあぁ……あっ……ンんっ」

指が脚の付け根をなぞり、内腿を撫で上げてくる。

中心には触れず、じわじわと周りから攻めるような手つきに、リリアーナは熱い息を吐いた。

いつそこに触れるのか、触れてもらえるのか。

身体も期待してしまっているのか、秘裂からじわりと蜜が滲み出てきた。

「腰が揺れている」

ルートヴィヒにそう指摘されると、カッと顔が赤らむ。

彼には媚びているように見えてしまっているのだろう。

はしたなく、それこそルートヴィヒが言ったように淫らに。

「……はずかしい……です」

「愛らしいと言っているんだ」

うっとりとした声でリリアーナを愛でるルートヴィヒは、下着の中に指を差し入れて秘裂をなぞってきた。

滲み出た蜜を指に馴染ませ、少しずつ開いていくように。

肉芽にも蜜を塗り込み、そのぬめりを借りて擦ってきた。

「ひぁンっ！　……あっ……うぅっ……ふっんンぁっ……あぁ！」

強い快楽が流れ込み、リリアーナはあられもない声を上げる。

頭の中まで痺れてしまうような、そんな強烈な快感はリリアーナの理性を根こそぎ奪っていった。

蜜が膣の奥からドロリと零れ落ち、下着を穢していく。

邪魔に思ったのか、ルートヴィヒは下着を取りはらい、さらに大胆に指を動かしてきた。

顔を埋め、今度は舌先で肉芽を突く。

弾いては弄び、滲み出てきた蜜を啜られた。さらに吸い付かれ、一気に快楽が追い詰めてくる。

腰がガクガクと震えては限界を訴えた。

「……はぁっ……あぁンっ……あっあっ……ンぁ……あーっ！」

子宮がきゅうんと啼いては快楽を弾かせ、絶頂を迎える。

啜り切れなかった蜜が、シーツに滴り落ちていった。

余韻に喘ぐリリアーナであったが、すぐさまルートヴィヒの指が膣の中に入ってきて悲鳴に似た嬌声を上げる。

「慣らさなくても柔らかくなっている。俺の指をどんどんと飲み込んでいくな」

ほら、と指をぐるりと回されると、彼の言うように膣壁が蠢き指を奥へと招き入れていっていた。淫らな動きで、もっとほしいと。

「期待しているのか？　ん？」

根元まで挿入れられると、激しく抜き差しされる。

中をもっと開くように押し広げ、リリアーナの気持ちいい個所を執拗に攻めてきた。

「……そんな……つづけて、なんて……ひぅっ！　あっ、ダメ……またきちゃうっ！」

再び訪れる絶頂の予感に逃げようとしたが、腰を掴まれて逃げられなくされてしまう。

与えられるがままに快楽を享受するしかないリリアーナは、二度目もすぐに果て、余韻に打ち震えたあとにぐったりとベッドの上に身体を投げ出した。

もう指一本動かせないと思えるほどの気怠さが襲ってくる。

いまだにルートヴィヒは挿入もしていないのに、自分だけこんなに乱れてしまうなんて。

彼にも気持ちよくなってほしいのに、とちらりと彼の方に視線を送ると、下半身の前張りの部分が盛り上がっているのが見えた。

気怠い身体をどうにか動かし、ルートヴィヒの前に座る。

熱くなっている彼の膨らみに手を置くと、上目で見つめた。

「……あの……触れても……よろしいですか？」

「ああ。好きなように触れてくれ」

許可が出て、胸を高鳴らせながらボタンを外していく。

リリアーナからルートヴィヒに触れるのは初めてで、緊張で指が震えてしまうが、何とか取り外して下着を下げた。

すると、硬く滾った屹立が飛び出し、リリアーナは目を丸くした。

逞しいそれは、遠目から見ても凶悪だったが、目の前で見るとさらに太くて、長くて。血管も浮き出て、先走りが鈴口から滲み出ていた。

好きにしてもいいと言うルートヴィヒの言葉に従い、リリアーナは屹立に触れる。

いつもこれが中に挿入ってきて、悦ばせてくれているのだ。

熱くて、脈打っていて、硬くて。

リリアーナは扱くようにゆっくりと動かし始める。

太くて指が回らず、ぎこちない動きではあったが、ルートヴィヒが気持ちよくなれるように自分なりに彼の顔を見ながら工夫してみた。

竿を扱き、カリの部分を撫でると、ルートヴィヒは感じ入るように眉根を寄せている。

ここが気持ちいいのかな？　と、さらに責めてあげると、息を詰めた声が聞こえてきた。

「気持ちいいですか？」

「……あぁ……凄く。お前に触られていると思うと……酷く感じてしまうな」

それはよかったと、触っているリリアーナも嬉しくなった。

もしかして、ルートヴィヒがたくさん触ってくれるのは、触っている方もそういう悦びを得られているからなのだろうか。

ならば、リリアーナももっと触れたい。もっと悦ばせたい。

どうすればいいのだろうと、頭の中で閨の授業を思い返していた。

『淑女は基本的には殿方にその身を委ねますが、回数を重ね、旦那様が新たな刺激を求めてきたときなどは、自ら動くことも必要です。例えば、口淫などは喜ばれる殿方も多く……』

先生がこんなことを言っていたと思い出したリリアーナは、ごくりと息を呑む。

口に入るだろうか、こんなことをしてしまったらはしたないと思われないだろうか。

不安は渦巻くが、リリアーナは口を開けてそれに顔を近づけた。

「……リリアーナっ」

珍しく彼の焦った声が聞こえてくる。

構わず穂先を口の中に含めると、屹立がびくりと震えた。一回り大きくなり、しょっぱいものが滲み出てきた。

やはりすべてを頬張り切らず、先っぽを舌で舐めることしかできない。それでも感じてくれているようで、舌の動きを激しくした。

亀頭を舐めまわし、鈴口を舌先で抉ってやる。先ほど指で撫でたときに反応を示していたカリ首も舐めてやると、ルートヴィヒは小さく喘いでいた。

「……どこで覚えてきたんだ、そんなこと」

「閨の授業で聞きました。殿方はこういうことが好きな人もいると。ルートヴィヒ様はお好きですか?」

口を離して聞くと、彼はリリアーナの顎をすくい意地の悪い笑みを浮かべる。

「気持ち良すぎて、どうしてくれようかと思っているところだ」

指で口端を拭われる。

そして身体を持ち上げられてベッドに押し倒されると、ルートヴィヒは欲の炎を滾らせながらこちらを見下ろした。

「……あの、もうよろしいのです?」

「ああ、今度はこっちの番だ。気持ちよくしてくれた分、俺も今まで以上に頑張らなければならないな」

リリアーナの脚を大きく開き、腰を割り入れてくる。

穂先を膣に当て、中に潜り込ませてきた。

「……ンっはぁ……あっ……あぁう……ンぁ……」

先ほどまで自分が触っていて逞しいものが、この身体を穿ち、奥へ奥へと突き進んでいく。

膣壁を擦られ、最奥を突かれ。

あの別荘で味わった熱を再び与えられて、心も身体も歓喜していた。

屹立をきつく締めあげて、蜜が絡みつく。

もっと犯してと、熱をくれとねだるように。

ルートヴィヒはそれに応えるようにリリアーナの腰を掴んで、激しく突いてきた。

子宮を押し上げ、リリアーナのすべてを食らいつくす。自分を刻み付けるように情熱的に動く
ルートヴィヒは、情欲のままに犯してきた。

「……ひぁっ……あっあぁンっ……ンぁっ……ひぅっ」

もっと感じたい。

もっともっと、ルートヴィヒをどこまでも感じて、愛を交わして。

身体だけではなく心までも溶け合って、境界線がなくなってしまうまで熱を与え合って。

何度時が巻き戻ったとしても、この人しかないと運命に紐づかれたかのように惹かれ合ったふたりの愛は、永遠のものになる。

「……ルートヴィヒ、さま……愛しています」

きっとこの言葉は生涯に亘って口にするのだろう。

「愛している、リリアーナ」

この言葉も、生涯に亘って耳にする。

そのたびに、言葉にしがたい幸福が満ち満ちて、ルートヴィヒに出会えた奇跡に感謝をする。

ふたりで高みに上り、ルートヴィヒの精がリリアーナの胎の中に注がれ、互いの身体を抱き締めた。

キスをして、余韻を分かち合っていると、中に挿入っている屹立がまた大きくなるのを感じて、そろりと彼を見上げる。

「……あの、ルートヴィヒ様?」

「今夜は夜が明けるまで啼かせるといっただろう? リリアーナ」

「あぁンっ」

あっという間に再び硬さを取り戻したルートヴィヒのそれに、宣言通り朝まで啼かされることになった。

終章

「何だか懐かしい感じがします」

「俺もだ。本当は時間経過としてはそうではないがな」

ティーサロンの建物を見上げながら、感嘆の息を吐く。

ここは一回目の人生のときに訪れた思い出の場所。

デートをしたいと候補に挙げたところではあったが、急遽結婚式を早めてしまったためにデートをする暇もなかった。

蜜月も終わり、ようやく時間ができたので行ってみようとルートヴィヒが誘ってくれたのだ。

馬車を降りるとすぐに老婆がひったくりに遭い、それを見たリリアーナが飛び出し、ルートヴィヒも助けるのを手伝ってくれた。

そして老婆がおまじないをしてくれて。

順を追うように思い返していると、悲鳴が聞こえてきた、
声がする方を見ると、老婆がひったくりに遭って地面に倒れている。

まさにあのときと同じように。

思わずルートヴィヒと顔を見合わせた。

「バッグは任せろ」

「はい、お願いします」

同じようにリリアーナは老婆を助けるために駆け付け、ルートヴィヒは護衛にひったくり犯を捕らえるように命じる。

「大丈夫ですか?」

老婆の背を支えながら抱き起こし、怪我がないかを確かめた。

「あぁ、大丈夫だよ、お嬢さん」

ルートヴィヒもやってきて一緒に助け起こし、ハンカチで服についた土を払う。

(あのときとすべて同じね)

既視感に込み上げてくる笑いを抑え、老婆の顔を覗き込んだ。

「今ひったくり犯を追ってもらっていますから、すぐにバッグも取り戻せますよ。ね? ルートヴィヒ様」

「そうだな」

もうその先の展開は分かっている。

目を合わせながら、確信をもって頷いた。

「すまないねぇ、助けてもらって」

「いいえ、当然のことをしただけですから」

そう時間もかからないうちに、護衛がひったくり犯とバッグを持って現れた。

護衛に労いの言葉をかけたルートヴィヒは、バッグを受け取り老婆に返す。

「ありがとうねぇ」

老婆は安堵の笑みを浮かべていた。

こちらで盗人は警邏に突き出しておく旨を伝えると、老婆は何度もお礼を伝えてきた。

「ふたりとも」

老婆はリリアーナとルートヴィヒの手を取り、自分の手に重ねる。

あのときのように。

またまじないをしてくれるのだろうかと心待ちにしていると、老婆はにこりと微笑んだ。

「ごめんなさいね。私のせいで大変な目に遭わせてしまって。私のあの言葉があんなにもあの女に効くとは思っていなくて」

「え？」

「だからせめて、お詫びに貴方たちには呪いではなく、祝福をあげたの。自分の子どもたちにはどんな形であれ、幸せになってほしいから」

微笑む老婆の顔は、一瞬リリアーナと同じ年頃の女性に変わる。

赤い髪の異国の女性に。

そして、ふっと消えてしまったのだ。幻のように。

「……今の……まさか……」

ルートヴィヒの方を見上げると、彼もまた驚いたような顔をしていた。

お互いが目にしたものが信じられずに戸惑っている。

すると、リリアーナがふと笑みを零した。

「本当、ルートヴィヒ様のおっしゃる通りでしたね。あれは呪いなどではなく、祝福でした。あのお婆さん……いえ、私の曾祖母がくれた祝福」

あの力を授けてくれたのは、お詫びと言っていたが、リリアーナの幸せを願ってのことだったのだろう。

子を思う、親の気持ちが奇跡となった。

「なら、もう俺たちは二度と時が戻ったりしないんじゃないか？　幸せになるおまじないなら、もう叶っている」

「そうですね。きっともう大丈夫」

それをこれから生涯かけて証明していくのだろう。

ふたりで幸せな人生を過ごしたのだと。

愛する人とこれからも、どこまでも。

あとがき

はじめましての方もそうでない方もこんにちは。ちろりんです。

蜜猫ノベルス様より二冊目を出させていただきました。

リリアーナとルートヴィヒのお話いかがでしたでしょうか？

今回、書いていて思ったんですよね。ルートヴィヒ、どこまでも追いかけてくるな、と。

それがタイトルにも反映されていて、とても愛が重いヒーローになっておりますね。大好物です。

ループものは初めて書かせていただいたのですが、難しかった！

結構直しも入りましたし、私自身悩みながら書きました。ですので、その分楽しんでいただけたら嬉しいです。

イラストを担当してくださった氷堂れん先生、ありがとうございます！

挿絵の美しいこと！　エッチなこと！

エッチ多めに書いたのですが、エッチいっぱい書いてよかった！　と心の底から思いました。

本当にありがとうございます。

実は今作で通算十冊目の紙書籍となります。電子書籍も合わせたらもう二十冊以上になりますかね。

五年以上こうやって本を出させてもらえていることが夢みたいです。

ネットにドキドキしながら投稿し始めた、あの頃の私は想像もしていなかったでしょう。常に目標をもって書いておりますが、それがひとつずつ達成していくことが嬉しく思います。これもお声がけくださる編集様はじめ、応援してくださる読者の皆様のおかげです。ありがとうございます。


近況を話すと、カバー袖のコメントにも書かせていただいたのですが、フレンチプレスつきのタンブラーを買いました。

それとデスクトップパソコンを買いまして、執筆環境を一新したところでございます。パソコンの挙動が軽くてとてもいいです。

あと電気ブランケットですね。年々進行していく末端冷え性対策には必需品でした。

今年は旅行に行きたいです！（突然）

あまり西の方に行ったことがないので行きたいなぁ。食べ歩きをしたいし、もう一度吉野ケ里遺跡を見に行きたいです。橿原あたりにも行きたい。

夢は広がりますが、今年も停滞することなく驕ることなく邁進していきたいと思います。

それでは、またどこかでお会いできますように。

ありったけの感謝を込めて。

ちろりん

蜜猫 novels をお買い上げいただきありがとうございます。
この作品を読んでのご意見・ご感想をお聞かせください。
あて先は下記の通りです。

〒102-0075　東京都千代田区三番町 8 番地 1 三番町東急ビル 6F
(株)竹書房　蜜猫 novels 編集部
ちろりん先生 / 氷堂れん先生

人生５度目なので愛する王子から逃亡しようとしましたが、彼の愛が重くて逃げられません‼

2023 年 3 月 17 日　初版第 1 刷発行

著　者　ちろりん　
発行者　後藤明信
発行所　株式会社竹書房
〒102-0075 東京都千代田区三番町 8 番地 1
三番町東急ビル 6F
email : info@takeshobo.co.jp
デザイン　antenna
印刷所　中央精版印刷株式会社